Ronimund Hubert von Bissing

FEUERGOLD

Ein Märchen

lucy körner verlag

1. Auflage Oktober 1989
2. Auflage November 1989
3. Auflage Juni 1990
4. Auflage März 1991
5. Auflage Dezember 1991
6. Auflage Februar 1993
7. Auflage April 1994

Vom Verlag völlig neu bearbeitet nach einer Übersetzung
von Michael H. Siegel.
Titel der englischen Originalausgabe: The Land of the Burning Gold.
Titelillustration: Anthea Fritsch.
Herstellung: J. F. Steinkopf Druck + Buch GmbH, Stuttgart.

ISBN 3-922028-18-7

Inhalt

Abenteuer in einer neuen Welt

Maria und David wußten nie so recht, wie alles angefangen hatte. Sie erinnerten sich noch, daß sie ihr Abendbrot gegessen und dann gebadet hatten, daß sie sich die Zähne geputzt hatten und dann ins Bett gegangen waren. Sie erinnerten sich an die Gutenachtgeschichte und daran, daß sie ihr Gebet gesprochen, einen Gutenachtkuß bekommen und noch ein letztes Mal gerufen hatten, um sicher zu sein, daß jemand in der Nähe war. Und dann ... dann ... fing alles an. Natürlich wirst du jetzt meinen, daß alles Weitere ein Traum war, aber die beiden erinnerten sich genau daran, daß sie mitten in der Nacht geweckt wurden, ihnen schrecklich heiß war, sie sich unruhig und unwohl fühlten und daß sie irgendwohin mitgenommen wurden – und das war bestimmt kein Traum. Am Ende der Reise wachten sie wiederum auf, und es war Morgen und alles, alles war anders, und sie waren in einer neuen, seltsamen Welt.

Sie erwachten an einem butterfarbenen Sandstrand, und eine immergrüne See plätscherte sanft zu ihren Füßen. Eben erhob sich die Sonne aus dem Meer, und sie sah größer aus als je zuvor.

„David, wo sind wir?“ fragte Maria.

„Ich weiß nicht“, flüsterte David, „aber es ist wunderschön.“

Er zögerte einen Augenblick und dachte nach. Dann sagte er: „Als Gott die Welt gemacht hat – meinst du, da hat es so ausgesehen?“

„Vielleicht, es sieht wirklich so aus“, sagte Maria, „weißt du, vielleicht sind wir in eine andere Welt gekommen, und die wird gerade gemacht. Kann das sein, David?“

„Ich weiß nicht“, sagte David. „Das kann ich mir nicht vorstellen. Aber wir sind ganz allein. Kein Vater, keine Mutter, keine Omi. Hast du Angst, Maria?“

„Nein“, antwortete sie. „Und du?“

„Nein“, sagte David.

Sie saßen schweigend beieinander und schauten zu, wie die Sonne langsam höher stieg und eine goldene Straße auf die gekräuselte See malte. Nach einer Weile sagte David: „Laß uns schwimmen!“

„Meinst du, das geht?“ fragte Maria. „Meinst du, wir dürfen das?“

„Na, wir sind jetzt allein – oder etwa nicht?“ sagte David. „Da müssen wir wohl selbst entscheiden. Also, wir haben keinen Schnupfen und kein Bauchweh, und das Wasser sieht schön warm aus. Laß uns sehen, ob's stimmt!“

Also probierten sie es mit den Zehenspitzen, und schließlich beschlossen sie, richtig zu schwimmen.

„Wir müssen aufpassen, ob es hier Haie gibt, weißt du, und dürfen nicht zu weit rausschwimmen!“ sagte David, ganz wie ein Erwachsener. Sie zogen sich aus, liefen planschend ins Wasser und schwammen los, so schnell sie konnten.

Nach einer Weile sagte Maria: „Wir dürfen nicht zu lange drinbleiben, sonst erkälten wir uns.“ Das hatte sie so oft zu hören bekommen, daß es ihr jetzt einfiel. Also verließen sie das Wasser und zogen sich an.

„Ich hab' Hunger“, sagte David. „Was gibt's denn wohl zum Frühstück?“

„Gar nichts gibt's zum Frühstück, wenn wir nichts finden“, sagte Maria.

Also liefen sie vom Strand zu den Bäumen, um zu sehen, ob sie Früchte tragen. Sie liefen lange Zeit, fanden aber keine, und ihre Mägen fingen an zu knurren. Sie setzten sich unter einen Baum. David zog die Knie unters Kinn, das war seine Lieblingsstellung beim Nachdenken. Maria lehnte sich an den Stamm. Sie waren ganz still.

Weil beide denselben Gedanken hatten, war es, als werde das Schweigen nicht gebrochen, als David schließlich sagte: „Vielleicht sind wir wirklich allein. Ich meine: ganz allein. Vielleicht lebt hier sonst überhaupt niemand.“

Auch Maria war ganz ruhig, als sie sagte: „Vielleicht sind wir so etwas wie Adam und Eva und ganz allein in einer neuen Welt.“

„Komisch, aber ich habe überhaupt keine Angst“, meinte David, „ich bin irgendwie ganz ruhig und vollkommen in Ordnung.“

„Ich auch“, sagte Maria. „Aber wenn du nicht da wärst, wäre es vielleicht anders.“

„Jedenfalls hat Gott für Adam und Eva gesorgt, und wenn wir hier ganz allein sind, wird er auch für uns sorgen. Da bin ich ganz sicher. Und ich glaube, darum habe ich auch keine Angst, denn ich weiß ganz genau, er wird sich um uns kümmern.“

„Laß uns doch noch mal nach etwas zu essen suchen“, sagte Maria. „Ich bin schrecklich hungrig.“

Also standen sie auf und gingen weiter unter den Bäumen und suchten nach Früchten. Aber alles, was sie sahen, waren grüne Blätter, die sich gegen den blauen Himmel abzeichneten.

Plötzlich kamen sie auf eine Lichtung im Walde. Auf der gegenüberliegenden Seite sahen sie eine Hütte, und Rauch stieg aus ihrem Schornstein. Vor der Hütte saß auf einem Schemel ein Mann. Er sah nicht alt aus, und er hatte einen großen, schönen, glänzend braunen Bart.

Die Begegnung mit Krähenfuß

Sie liefen so schnell sie konnten zu ihm, dann blieben sie ein Stückchen von ihm entfernt stehen und starrten ihn an. Er starrte zurück.

„Hallo“, sagte David.

„Hallo“, sagte der Mann.

Auf einmal lächelte der Mann und fragte: „Wer seid ihr?“

„Ich heiße David. Und das ist meine Schwester Maria. Wer bist du?“

„Die Leute geben mir allerhand Namen“, sagte der Mann, „aber meine Freunde, die Kinder, nennen mich manchmal Krähenfuß.“

„Warum?“ fragte David.

„Vielleicht weil ich lauter Fältchen um die Augen habe, wie Krähenfüße, wenn ich lächle. Und ich lächle sie oft an.“

Dann lächelte er, und sie sahen die Krähenfüße um seine Augen, und er sah sehr gütig aus.

„Krähenfuß“, sagte David, „wir sind überrascht, dich zu sehen. Wir hatten schon gemeint, es gäbe überhaupt niemanden hier und wir wären ganz allein.“

„Und“, fügte Maria hinzu, „wir sind schrecklich hungrig geworden!“

„Damit werden wir schon fertig“, sagte Krähenfuß und erhob sich von seinem Schemel. „Kommt nur herein, ich mache euch Frühstück.“

Sie folgten ihm in die Hütte. Es war ein kleiner Raum, und es war ziemlich dunkel. Hier drinnen sah Krähenfuß aus wie ein Riese. Sie blieben an der Tür stehen, um ihm nicht im Weg zu sein. Er bewegte sich ruhig umher und summte dabei leise vor sich hin, und er tat alles mit überraschender Schnelligkeit, doch ohne jede Hast.

„So“, sagte er und legte die letzten Sachen auf den Tisch, „Brot, Früchte, getrockneten Fisch und ein besonderes, heißes Gebräu aus Nüssen und Beeren. Eßt soviel ihr könnt!“

Es kam ihnen so vor, als hätten sie noch nie eine so gute Mahlzeit genossen, und beide aßen und aßen und aßen, während er ihnen lächelnd zusah und ihre Teller von neuem füllte, wenn sie leer waren.

„Oh danke schön, Krähenfuß", sagte David, als er nicht mehr essen konnte.

„Das war das beste Frühstück, das ich je gegessen habe", sagte Maria.

„Bitte", sagte David nach einer Weile, „könntest du uns sagen, wo wir sind?"

„Meine Güte, ihr seid hier", antwortete Krähenfuß. „Wo solltet ihr denn sonst sein?"

„Aber wo ist hier?" fragte Maria.

„Wo ist sonstwo?" sagte Krähenfuß.

„Bist du auf derselben Erde wie wir?" versuchte David es noch einmal.

„Auf welcher Erde bist du denn?" fragte Krähenfuß.

„Oh je", sagte Maria, „so kommen wir nicht weiter."

„Ihr seid hierher gekommen – das genügt doch wohl, nicht wahr?" sagte Krähenfuß, doch es war mehr eine Feststellung als eine Frage. Damit schien der Fall erledigt zu sein.

„Erzähl' uns was von hier", sagte David. „Wir sind einfach so vom Meer heraufgekommen. Hat das Land einen Namen?"

„Ja, es heißt Goldanien."

„Warum?" fragte David.

„Nun, Goldanien ist eigentlich eine Abkürzung von etwas anderem, wenn auch heute nicht mehr viele Menschen davon wissen."

„Wovon ist es eine Abkürzung?" fragte David.

„Der wahre Name ist: Das Land Feuergold."

„Das Land Feuergold", wiederholten beide mit ehrfürchtiger Stimme, als hätte es eine besondere Bedeutung, und dann schwiegen sie. Sie starrten mit weiten, fragenden Augen zu Krähenfuß hinauf, als könnten sie in seinem freundlich lächelnden Gesicht eine Erklärung finden. Nach einer Weile sagte David: „Bitte, Krähenfuß, möchtest du uns nicht sagen, warum es diesen seltsamen, diesen irgendwie wunderbaren Namen hat?“

Krähenfuß blickte sie an, erst Maria, dann David, als wolle er etwas herausfinden, ehe er antwortete. Schließlich sagte er: „Möchtet ihr wirklich, daß ich's euch sage?“

„Aber ja, natürlich, natürlich!“ sagte Maria eifrig.

Krähenfuß schaute ihr geradewegs ins rechte Auge. Dann wandte er sich zu David und sah ihn ebenso an. David erwiderte seinen Blick, gerade ins rechte Auge, und sagte: „Bitte, sag es mir.“

„Da ihr mich beide darum bittet“, sagte Krähenfuß, „will ich es euch sagen. Doch zuvor eine Warnung: Wenn ihr davon gehört habt, werdet ihr nicht mehr ganz dieselben sein wie zuvor. Ihr werdet unruhig sein, und vielleicht wollt ihr auf ein Abenteuer ausziehen. Niemand kann sagen, wohin euch dieses Abenteuer führen und wie es enden wird. Möchtet ihr es immer noch hören?“

Marias Augen blitzten, und nur etwas in dem ernsten Gesichtsausdruck von Krähenfuß hielt sie davon ab zu rufen: Ja, ja, ja! Stattdessen sah sie ihn leuchtenden Blickes an und sagte: „Ja, bitte, Krähenfuß!“

David fühlte, wie sein Herz rascher schlug, daß die Haare an seinen Beinen und Armen zu Berge standen und daß es ihm kalt den Rücken hinunterlief. Mit einer Stimme, die ihm nicht wie seine eigene vorkam, sagte er: „Bitte sag es mir. Ich möchte es wissen.“

„Eine letzte Bedingung“, sagte Krähenfuß zu David. „Willst du dein Bestes tun, Maria beizustehen, was auch geschieht, und ihr immer helfen, wenn sie in Not ist?“

„Das will ich“, sagte David.

Und damit wandte Krähenfuß den Blick von ihnen und schaute hinüber zu den Bäumen und begann, die Geschichte vom Feuergold zu erzählen.

Die Geschichte vom Feuergold

„Dies ist ein Land“, begann Krähenfuß mit seiner weichen, wohlklingenden Stimme, „das weder reich noch arm ist, wo jedermann leben, essen und ein Dach über dem Kopf haben kann, doch nicht ohne sich ein wenig Mühe darum zu machen. Wir haben Bäume mit Obst und fruchtbaren Boden und Wasser. An den meisten Tagen scheint die Sonne, und der Regen fällt gewöhnlich in der Nacht. Es ist in jeder Hinsicht ein Paradies. Und doch sind trotz alledem manche arm, und manche sind unglücklich. Und darin ist vielleicht dieses Land nicht so viel anders als andere. Doch in einem Punkt ist dieses Land etwas ganz Besonderes, und das ist es auch, was ihm einst seinen Namen gab: Das Land Feuergold. Denn es ist überliefert vom Vater auf den Sohn, aus uralter Zeit, daß es in diesem Land einen Berg gibt und in dem Berg eine Höhle, und hinter der Höhle ist ein See. Und dieser See ist aus feurigem Gold. Solange wir eine Geschichte haben, waren die Menschen voller Sehnsucht, zu diesem See zu gelangen. Manche haben gemeint, wenn man den See Feuergold erst einmal gefunden habe, so werde man für dieses Land und all seine Bewohner eine Quelle unerschöpflichen Reichtums besitzen. Niemand brauche dann mehr arm und bedürftig zu sein, es werde für jedermann Überfluß von allem geben. So haben viele von dem geträumt, was für dieses Land getan werden könne, wenn man den See einmal gefunden habe. Andere wollten ihn finden, um selbst reich und mächtig zu werden. Und andere haben ihn einfach um seiner selbst willen zu finden gewünscht. Denn es heißt auch, daß ein Mensch nur dadurch, daß er ihn suche und finde, zu seinem wahren Glück gelangen, nur so anderen wirklich hilfreich sein könne. So ist die abenteuerliche Fahrt zum See Feuergold der Kern unserer ganzen Geschichte gewesen.“

David brannte eine Frage auf der Zunge: „Aber weshalb läßt dann nicht jedermann alles stehen und liegen und sucht und sucht, bis er ihn gefunden hat?“

Krähenfuß lächelte. „Manche tun's", sagte er, „und manche tun's nicht. Die Menschen sind verschieden, und so verhalten sie sich auch in dieser Sache unterschiedlich."

„Es gibt ihn aber wirklich, ja?" fragte Maria.

„Ja, es gibt ihn", sagte Krähenfuß.

„Hast du ...?" Maria wollte eben fragen: Hast du selbst ihn gefunden? Doch aus irgendeinem Grunde fühlte sie, es wäre falsch oder unhöflich oder etwas, das sie selbst nicht benennen konnte, Krähenfuß so zu fragen, und die Frage blieb ihr im Halse stecken.

„Wie fängt man mit der Suche an?" fragte David.

„Warum?" sagte Krähenfuß.

„Weil ich ihn suchen will", sagte David. „Und ich glaube, ich kann's. Aber ich weiß nicht, wo anfangen."

„Es könnte lange dauern", sagte Krähenfuß.

„Man kann seine Zeit doch bestimmt nicht besser verwenden, nicht wahr?" fragte David.

„Es könnte schwierig und hart werden", sagte Krähenfuß.

„Nun, ich bin ganz schön kräftig", sagte David, „und wenn Maria müde wird, kann ich ihr helfen."

„So kräftig wie du bin ich allemal, vielleicht noch kräftiger!" sagte Maria.

„Es könnte gefährlich werden", sagte Krähenfuß.

„Ich bin ziemlich mutig", sagte David. „Ich brauche nicht einmal zu weinen, wenn ich mir weh tue, stimmt's, Maria? Und für ein Mädchen ist sie auch ganz mutig."

Maria versuchte, ihn auf den Fuß zu treten, aber er zog ihn schnell zurück.

„Können wir gleich gehen?" fragte David. „Willst du uns den rechten Weg zeigen?"

Krähenfuß stand auf. Er sagte: „Wenn ihr euch wirklich auf die abenteuerliche Reise machen und den See Feuergold finden wollt, so muß ich noch eines hinzufügen: Vergeßt nie, was ihr euch vorgenommen habt. Denkt stets daran, daß dies und nichts anderes euer Wunsch und euer Entschluß ist. Um euch dabei zu helfen, gebe ich jedem von euch etwas, das euch daran erinnern wird. Trennt euch nie davon, und zeigt es niemandem."

Er ging in seine Hütte und blieb eine ganze Weile fort. Als er schließlich zurückkam, brachte er zwei runde Metallstücke mit. Sie sahen aus wie große Münzen, und jedes hatte ein Loch. Sie waren von matter, gelblich-brauner Farbe.

Krähenfuß gab jedem eines, und dann hielten beide sie in den Händen und betrachteten sie.

„Was ist das?" fragte David.

„Hat es eine geheimnisvolle Kraft?" fragte Maria.

„So kann man es auch nennen", sagte Krähenfuß. „Dieses Medaillon wird euch helfen, eure Suche nicht zu vergessen, und es wird euch auf jedem Stück eures Weges Beistand leisten. Wenn ihr es vergeßt oder nicht darauf achtet, werdet ihr es verlieren. Wenn ihr es verliert, werdet ihr außerstande sein, eure Suche fortzusetzen. Dann bleibt euch nichts anderes übrig, als aufzugeben und zu vergessen – oder wieder zu mir zu kommen, wenn ihr den Weg noch findet. Wenn ihr andere sehen oder wissen laßt, daß ihr es besitzt, könnten sie versuchen, es euch wegzunehmen. Erst wenn ihr am Ende eurer Suche seid, müßt ihr euch davon trennen."

„Wie sollen wir das wissen?" fragte Maria.

„Es wird euch sogleich unsere heutige Begegnung einfallen, und ihr werdet keinerlei Zweifel haben."

Er gab jedem von ihnen einen Lederriemen, und sie banden das Medaillon, versteckt unter den Kleidern, fest um ihre Hüften.

„Nun kommt mit mir", sagte er, „ich gehe ein Stückchen mit euch."

Er führte sie fort von der Hütte, aber nicht da entlang, wo es wie ein Pfad aussah. Krähenfuß wand sich zwischen Bäumen und Buschwerk hindurch und ging über Kiefernnadeln, ohne Spuren zu hinterlassen. Nach einer Weile kamen sie zu einem schmalen Fußweg, und sie konnten sehen, daß er weiter durch den Wald führte.

Krähenfuß blieb stehen und sagte: „So weit komme ich mit euch. Folgt diesem Weg, damit beginnt eure Suche. Lernt von jedem, von dem ihr lernen könnt, aber glaubt nicht alles, was man euch sagt. Ich werde an euch denken und euch alles Gute wünschen."

Er kniete nieder und küßte sie beide. Dann wandte er sich um und schritt davon, und einen Augenblick später war seine hohe, geschmeidige Gestalt zwischen den Bäumen verschwunden.

Maria streckte ihre Hand nach David aus, und sie standen Hand in Hand unter den hohen Bäumen und blickten zurück. Dann wandten sie sich um und schritten munter aus auf dem Weg, der vor ihnen lag.

Der Mann, der nach Gold fischte

Sie gingen eine lange Zeit, bis sie beide ganz müde waren. Heiß war ihnen auch, und sie hatten Durst. Da gelangten sie an eine Biegung. Vor ihnen öffnete sich eine Lichtung, und ein murmelnder Bach strömte über glatte Steine zu Tal. Sie knieten nieder an seinem Rand und schöpften das eiskalte Wasser mit ihren Händen und spritzten es sich in ihre Gesichter. Sie versuchten, barfuß im Wasser zu laufen, aber die Steine waren schlüpfrig, und am Ende saßen sie am Ufer und ließen die Beine in den Bach baumeln. Sie sahen zu, wie Flecken von Sonnenlicht auf dem rauschenden Wasser tanzten und lauschten der Musik des Bächleins.

„Komm“, sagte David plötzlich, „wir dürfen keine Zeit verlieren. Ich möchte wissen, was uns wohl auf unserem Abenteuer als nächstes begegnen wird!“

„Meinst du, dieser Weg führt gerade zu dem Berg?“ fragte Maria.

„Oh nein, Dummchen, dann wäre es doch nicht so schwer.“

„Nenn mich nicht Dummchen!“ rief Maria verärgert. „Du weißt nicht mehr als ich, und wir wissen beide gar nichts.“

„Na schön, tut mir leid“, sagte David, „aber ich weiß ein paar Sachen, und eine davon ist: Es ist nicht leicht. Also komm!“

Er zog Maria hoch, und sie gingen erfrischt weiter. Der Pfad wand sich bergab, und alsbald kamen sie an das Ufer eines Flusses. Er war recht breit und ziemlich trübe, und die Strömung war langsam.

Am Flußufer entdeckten sie plötzlich einen Mann. Er stand über eine Art von großem, rundem Tablett gebeugt, das er eben tropfend aus dem Wasser gehoben hatte. Sie blieben in einiger Entfernung stehen und schauten ihm zu. Dann mußte Maria niesen, und der Mann drehte sich um.

„Hm, hm, hm, und wer mögt ihr wohl sein?“ sagte der Mann.

„Ich bin David."
„Ich bin Maria."
„Hm, hm, hm, seid ihr das? Ich bin der Herr Sieberich. Wo wollt ihr denn hin?"
„Wir sind auf der Suche nach dem See Feuergold", antwortete David.
„Hm, hm, hm, sieh mal an, ja sieh mal an!" Er stellte sein Tablett ab, setzte sich und sah sie an. Er war klein, und sein Gesicht war ganz braun und runzlig, und er trug einen Hut mit einer breiten Krempe. Seine Hände waren schmal und faltig.
„Können Sie uns helfen?" fragte David.
„Hm, hm, hm, vielleicht könnt' ich und vielleicht könnt' ich nicht. Kommt und setzt euch!"
„Der spricht aber komisch", flüsterte Maria, „immerzu hm, hm, hm."
„Eigentlich sagt er überhaupt nichts", flüsterte David. „Ich glaube nicht, daß er uns helfen kann – aber laß es uns versuchen!" fügte er hinzu, und sie gingen hinüber und setzten sich zu Herrn Sieberich.
„Kennen Sie den Weg zum See im Berg?" fragte David.
„Der See im Berg, wahrhaftig, wahrhaftig", sagte Herr Sieberich. „Nein, das kann ich nicht sagen. Aber ich kann auch wieder nicht einfach sagen, daß ich ihn nicht kenne, denn man kann nur etwas nicht kennen, das man überhaupt kennen kann, meint ihr nicht, findet ihr nicht, was?"
„Da komm ich nicht mit", sagte David. „Können Sie nicht einfach reden?"
„Einfach, wahrhaftig! Du stellst schwierige Fragen und willst einfache Antworten. Hm, hm, hm, wenn du einfache Sachen hören willst, dann will ich dir ganz klar und einfach sagen, daß es den Berg nicht gibt und den See nicht gibt und das Feuergold nicht gibt. Und da hast du's, wenn du's einfach haben willst."
„Das ist nicht wahr!" rief David. „Ich weiß, es gibt ihn. Und wir werden ihn finden."
„Ihr verschwendet eure Zeit", sagte Herr Sieberich. „Ich hab's mal versucht, aber jetzt bin ich älter und klüger, und statt nach

Feuergoldseen zu suchen, die es gar nicht gibt, finde ich Gold, das es gibt."

„Wie?" fragte Maria.

„Aha, aha, aha, jetzt stellst du vernünftige Fragen. Aber das ist mein Geheimnis. Doch ein wenig davon will ich euch verraten. Es gibt Gold hier in diesem Fluß. Ich sitze und arbeite hier den ganzen Tag, siebe den Sand und hole das Gold heraus."

„Finden Sie viel?" fragte David.

„Da, da, da! Da stellst du wieder dumme Fragen. Das hängt davon ab, was du mit viel meinst. Hier, schaut, was ich eben herausgeholt habe." Er hielt das Sieb hoch, damit die Kinder hineinschauen konnten.

„Ich sehe bloß Steine", sagte David.

„Wieder falsch, wieder falsch", sagte Herr Sieberich. „Zwischen den Steinen gibt es kleine Körnchen Gold. Paßt auf, wie sie in der Sonne funkeln", und er bewegte das Sieb und hielt es schräg, um das Sonnenlicht einzufangen.

„Aber die sind ja winzig!" sagte Maria.

„Ein Stückchen ist kaum größer als ein Sandkorn", rief David.

„Ah, aber es ist Gold, es ist Gold", sagte Herr Sieberich. „Und da steckt mein Geheimnis. Ich bin so geschickt, daß ich sehe, und so klug, daß ich weiß, was Gold ist und was nicht. Ich habe die Geduld, die Körnchen Stück für Stück zu sammeln. Ich habe die Ausdauer, immer weiter und weiter und weiter zu machen, Tag für Tag, Tag für Tag, und ich lasse niemals nach."

„Was machen Sie damit, wenn Sie es haben?" fragte David.

„Gott im Himmel, Gott im Himmel, was für dumme Fragen! Ich behalte es, Junge, ich behalte es."

„Haben Sie viel?" fragte Maria.

„Einiges, einiges", sagte Herr Sieberich ausweichend.

„Wo ist es, können wir es sehen?" fragte David.

„Du bist mir ja ein Schlauer, ein ganz Schlauer, was? Nein, du kannst es nicht sehen. Ich will nicht, daß neugierige Augen es anschauen oder diebische Hände ihm nahekommen. Und nun, Kinder, habe ich meine Arbeit zu tun, Arbeit, Arbeit, Arbeit. Oder wollt ihr vielleicht mitmachen? Wir könnten zusammen Gold sammeln. Ich lehre euch die große Kunst, wie man Gold aus dem Fluß fischt, wie man aus Wasser Gold holt. Wenn ihr dies große Geheimnis von mir gelernt habt, werden wir dreimal soviel sammeln, wie ich es alleine kann. Das wird ein reiches Leben für euch! Und ihr vergeßt einfach diese Geschichten von Seen aus feurigem Gold, na klar, na klar, na klar!"

„Vielen Dank, Herr Sieberich", sagte David höflich, „aber ich glaube an den See, und ich glaube nicht an das, was Sie hier machen. Mir scheint es eine rechte Zeitverschwendung, immer dazusitzen und den ganzen Tag nach winzigen Körnchen Gold zu sieben und sie dann zu verstecken, wo sie völlig nutzlos sind."

„Weg mit euch!" sagte Herr Sieberich verärgert. „Macht euch fort von hier mit eurem Unsinn, Unsinn, Unsinn. Ich habe zu arbeiten."

Er zog sich den Hut tiefer ins Gesicht, wandte sich dem Fluß zu und tauchte sein Sieb wieder hinein. Die Kinder verließen ihn und machten sich von neuem auf den Weg.

„Glaubst du, daß es ihn wirklich gibt?" fragte Maria.

„Natürlich gibt es ihn!" rief David. „Du wirst doch nicht einem dummen alten Mann, der nichts geradeheraus sagen kann und alles nochmal und nochmal und nochmal sagt, eher glauben als Krähenfuß? Natürlich gibt es ihn, und wir sind unterwegs, ihn zu finden."

Sie wanderten schweigend. Der Pfad schlängelte sich fort vom Fluß und begann, wieder bergauf zu führen. Plötzlich erblickten sie vor sich ein Haus. Es war ziemlich groß und drei Stockwerke hoch, aber es sah sehr schmutzig und verwahrlost aus. Schlingpflanzen wucherten über alle Mauern und sogar über die Fenster. Die beiden obersten Fenster waren rund und sahen auf sie herab wie Augen, und die Dachtraufen darüber sahen aus wie staunend erhobene Augenbrauen.

„Ich bin hungrig", sagte Maria. „Meinst du, wir könnten hier etwas zu essen finden?"

„Laß es uns versuchen", sagte David. „Und wer weiß, vielleicht kann der, der hier wohnt, uns bei unserer Suche helfen."

„Mir gefällt nicht, wie es aussieht", sagte Maria. „Es macht mir Angst. Vielleicht sollten wir lieber weitergehen und uns nicht aufhalten."

„Man kann nie wissen, vielleicht bekommen wir gerade hier den Wink, den wir brauchen", sagte David.

Er hatte zwar ungeheures Herzklopfen, aber er ging unerschrocken zur Eingangstür und klopfte an.

Nichts rührte sich. Sie warteten. Dann klopfte er von neuem.

„Es wird niemand drin sein", sagte Maria, „und jedenfalls gehört es sich nicht, immerzu weiterzuklopfen. Laß uns lieber weitergehen."

„Na gut, zum letzten Mal!" sagte David und klopfte nochmals, laut und lange.

Plötzlich, ohne das leiseste Geräusch oder Vorzeichen, öffnete sich langsam die Tür. Eine alte Frau stand vor ihnen und blickte sie an. Ihr Haar war grau, ihre Nase spitz. Ihre Augen waren dunkel, fast schwarz, und ihr Mund war schmal. Sie war nicht groß, hielt sich aber sehr aufrecht.

„Was wollt ihr?" fragte sie.

David zögerte, dann sagte er in einem Atemzug: „Wir sind auf der Suche nach dem See Feuergold und haben großen Hunger."

Sie lächelte, aber sie sah dadurch nicht schöner aus, denn bloß ihr Mund zog sich in die Breite, ihre Augen aber blieben, wie sie waren.

„Kommt herein, Kinder", sagte sie und trat zur Seite.

„Das gefällt mir nicht", flüsterte David.

„Mir auch nicht", flüsterte Maria. „Aber wir haben solchen Hunger."

So faßten sie einander bei den Händen und traten über die Schwelle. Die Frau machte die Tür hinter ihnen zu und schloß ab. Sie bemerkten beide, daß sie den Schlüssel in ihre Tasche steckte.

Das Haus der Frau Garaus

„Wie heißt ihr?“ fragte die Frau.

„David.“

„Maria.“

„David und Maria. Maria und David. Wer hätte das gedacht!“

„Wie heißen Sie?“ fragte David.

„Frau Garaus ist mein Name. Und Garaus ist mein Gewerbe. Manche sagen von mir: Die macht dir den Garaus, ha! Aber das versteht ihr nicht. Wenn ihr Lust habt, könnt ihr mich Hetty nennen.“

„Danke sehr ... Frau Garaus“, sagte David.

„Keine besonders freundlichen Kinder, was? Nun, laßt mich mal sehen. Hunger habt ihr, sagst du? Ich habe was zu essen, leckeres Essen. Womit könnt ihr das bezahlen?“

Maria und David sahen sich an.

„Wir haben gar nichts“, sagte Maria betreten.

„Was, ganz und gar nichts?“ rief Frau Garaus. „Wie wollt ihr denn dann essen? Nun, wenn ihr kein Geld habt, so habt ihr vielleicht jeder ein Stückchen Metall? Nur ein kleines Stückchen, eigentlich gar nichts wert. Ihr verliert nichts, wenn ihr's mir gebt.“

Die Kinder standen vor ihr und waren ganz still. „Ihr braucht's mir nicht gleich zu geben, wenn ihr mir versprecht, daß ihr es mir gebt, wenn ihr gegessen habt und ich euch recht verwöhnt habe.“

„Nein!“ rief David rasch und bestimmt. „Wir können Ihnen nichts dergleichen geben.“

„Ihr habt nichts? Seid ihr sicher? Ihr werdet doch der Frau Garaus nichts vorlügen, wie?“ Plötzlich blitzte es in ihren Augen unheilvoll auf, und sie beugte sich zu ihnen herab, daß sie erschraken. Dann richtete sie sich wieder auf, lächelte ihr freudloses Lächeln und sagte: „Unschuldige Kinder lügen nicht. Gewiß seid ihr einfach ahnungslose Kinderchen, unschuldig wie an dem Tag, an dem ihr geboren wurdet. Oder vielleicht wißt ihr noch nicht, was ihr besitzt. Wenn's das ist, so werdet ihr es mir eines Tages schon-

geben, ha! Nun schaut doch nicht so ängstlich drein! Frau Garaus hat die kleinen Kinder gern."

Damit führte sie die beiden in einen stickigen, dunklen Raum. Alle Fenster und Läden waren geschlossen, und wackelige, schmutzige, alte Möbel standen unordentlich herum.

„Setzt euch, Kinderchen, aber gebt acht! Alle Stühle sind unbezahlbare antike Stücke, und alles ist sehr, sehr kostbar."

Eben wollte David sich auf einen Stuhl setzen, als er sah, daß der nur drei Beine hatte. Er wählte einen anderen, aber bei dem war ein Bein kürzer als die anderen, und er wackelte gefährlich, wenn man nicht stockstill saß. Maria suchte sich ein Sofa aus, und als sie sich hinsetzte, stieg der Staub auf wie ein Nebel.

„Ihr habt gesagt, daß ihr den See Feuergold sucht und daß ihr hungrig seid und daß ihr nichts habt, was ihr für meine Hilfe oder für Essen geben könnt. Das stimmt doch, nicht wahr?"

„Ich fürchte, es stimmt", sagte Maria niedergeschlagen.

„Weil wir nichts haben, sollten wir vielleicht gleich wieder gehen", sagte David.

„Nicht so schnell", sagte Frau Garaus. „Ihr seid nun mal da, und Frau Garaus würde euch niemals an die Luft setzen, da könnt ihr sicher sein. Ich kann euch bei eurer Suche helfen, ich kann euch zu essen geben – und ihr mit euren starken Muskeln, ihr könnt arbeiten, um mich zu bezahlen!"

Sie hielt inne und wartete die Wirkung ihrer Worte ab. Dann fuhr sie fort: „Die Suche nach dem See ist nicht so einfach, daß man nur nach ihm Ausschau hält und ihn auch schon findet. Ihr müßt euch vorbereiten. Ihr müßt ja einen mächtigen Berg besteigen, deshalb müßt ihr euch kräftigen. Ihr müßt durchhalten, also muß eure Ausdauer geübt werden. Ihr müßt sehr mutig sein, drum müßt ihr ein paar kleine Prüfungen bestehen und Dinge tun, die ihr nicht mögt. Bei alledem kann ich euch eine Menge helfen. Aber ihr müßt tun, was euch gesagt wird, sonst gibt es Ärger. Und laßt euch gewarnt sein: Mein eigenes, privates Zimmer ist auf der anderen Seite des Flures, und niemand außer mir darf es betreten. Hütet euch davor, jemals hineinzugehen. Verstanden? Öffnet niemals diese Tür!"

„Und nun“, fügte sie schnell hinzu, „will ich euch etwas Leckeres zu essen geben. Kommt nur mit, ihr lieben kleinen Kinderchen.“

Sie folgten ihr in eine dunkle Küche. Die Fenster waren verschlossen und von außen mit Schlingpflanzen überwuchert, und es war gerade hell genug, daß sie sehen konnten, wie sich Frau Garaus über den Herd beugte. Sie füllte zwei Suppenteller, die kaum größer waren als Untertassen, aus einem großen, schwarzen Topf und stellte sie auf den Tisch.

„Leckeres Essen“, sagte sie. „Setzt euch und laßt's euch schmecken.“

Es sah aus wie abgestandene, lauwarme, breiige Suppe, und beim ersten Mundvoll verzogen beide das Gesicht vor Widerwillen.

„Wenn ihr wählerisch mit dem Essen seid, kommt ihr nie auf den Berg, ihr verwöhnten Bälger“, rief die Alte.

So schluckten sie runter, was sie im Mund hatten, und aßen, ausgehungert wie sie waren, weiter. Bald waren die Teller geleert. Sie waren noch immer sehr hungrig, und Maria wagte zu sagen: „Ich habe noch Hunger. Gibt es noch etwas anderes?“

„Noch etwas? Nun hör einer an, was sollte es denn noch geben?“ fragte Frau Garaus.

„Kann ich dann noch etwas von dem hier haben, bitte?“

„Ihr Bälger!“ schrie Frau Garaus. „Erst rümpft ihr eure verwöhnten Nasen über mein feines Essen, und dann habt ihr die Stirn, noch mehr zu verlangen. Wenn ihr so verfressen seid, werdet ihr bestimmt nie den Berg erreichen. Gleich werdet ihr so vollgestopft sein, daß ihr euch hinlegen und den ganzen Tag schlafen wollt, wenn gearbeitet werden soll. Auf, an die Arbeit!“

Sie führte sie in den Flur und holte einen Eimer und einen Besen aus dem Schrank unter der Treppe.

„Du, junger Mann, kannst Wasser holen. Nimm diesen Eimer und geh hinab in den Keller zum Brunnen. Er ist zwei Treppen tiefer und ein bißchen dunkel, darum paß auf, wo du hintrittst und fall nicht hinein. Füll den Eimer und trag ihn auf den Dachboden.

Dort findest du einen großen Kessel. Gieß das Wasser hinein, dann geh und fülle den Eimer erneut. Der Kessel muß voll werden, und wenn er voll ist, brauchst du nicht mehr zu arbeiten."

Sie wandte sich zu Maria, gab ihr einen Besen und sagte: „Du, junge Dame, nimm diesen Besen und fege alle Zimmer, außer meinem eigenen natürlich. Mach sie tadellos sauber. Wenn sie tadellos sauber sind, brauchst du nicht mehr zu arbeiten. Nun, marsch ans Werk, alle beide."

Und damit gab sie jedem eine Kopfnuß und brachte sie auf Trab.

David stieg die dunkle Treppe hinab, vorsichtig seinen Weg ertastend. Er hatte Angst, weil es so stockfinster war, und er fragte sich, ob es da unten wohl Ratten oder Spinnen oder gar Schlangen gäbe. Dann fiel ihm ein, daß dies eine Art Prüfung war, um später den Berg besteigen zu können, und so schlug er sich solche Gedanken aus dem Kopf und dachte nur an das, was er gerade tat, und stieg weiter die Treppe hinab. Er tastete mit der einen Hand an der Wand entlang und setzte behutsam einen Fuß vor den anderen. Bald hörte er Wasser tröpfeln.

Schließlich erreichte er den Rand des Brunnens. Er füllte den Eimer und stieg die Stufen wieder hinauf.

Frau Garaus stand mit verschränkten Armen im Flur, in der einen Hand eine dünne Haselrute.

„Los, vorwärts, junger Mann! Du brauchst ja den ganzen Tag für einen Eimer. So kriegst du den Kessel niemals voll. Und dein Eimer ist ja halb leer! Was erlaubst du dir, die Zeit mit leeren Eimern zu verschwenden! Nächstes Mal füllst du ihn bis zum Rand, verstanden!" Und sie versetzte seinen Beinen einen scharfen Hieb mit der Haselrute, als er vorbeiging.

Maria war ins Wohnzimmer gegangen und hatte begonnen, kräftig mit dem Besen zu fegen. Bei jedem Strich flog der Staub in die Luft, bis sie kaum noch die gegenüberliegende Zimmerwand sehen konnte.

„Was stellst du dir denn vor, junge Dame?" schrie Frau Garaus vom Eingang her. „Ich hab dir gesagt, du sollst dieses Zimmer saubermachen, nicht einen Staubsturm aufwirbeln. Mach es anständig und beeil dich!"

David kam wieder die Treppe herauf. Diesmal war sein Eimer so voll, daß er ein paar Tropfen auf dem Boden verspritzte, als er um die Ecke bog.

„Was verschwendest du mein kostbares Wasser, junger Mann, und verschandelst mir meinen schönen Fußboden! Du wirst besser achtgeben müssen, wenn du zu diesem Berg kommen willst!" Und sie schlug wieder heftig gegen seine Beine, als er vorbeikam.

Maria fegte weiter, aber wegen des Staubes bekam sie einen richtigen Niesanfall. Das brachte Frau Garaus sofort wieder an die Tür.

„Hör zu, junge Dame!" rief sie. „Steh nicht herum und drück dich nicht mit faulen Tricks vor der Arbeit. Du bist mir eine Schöne, faul bis auf die Knochen. Mach dich sofort an die Arbeit, oder du bekommst eine anständige Tracht Prügel!"

Diesmal machte David seinen Eimer so voll, wie er sich traute. Er war entschlossen, nichts zu verschütten und kam vorsichtig die Treppe herauf.

„Immer langsam voran, junger Mann, wie?" schimpfte sie. „Lungert herum und tut, als arbeite er. Mit faulen Tricks kommst du nicht weiter auf dem Weg zum Berg. Marsch, und nicht getrödelt!" Und wieder schlug sie seine Beine, die jetzt mit roten Striemen gezeichnet waren.

So ging es weiter, den ganzen Tag lang. Als es zu dunkel war, um überhaupt noch etwas sehen zu können, zündete Frau Garaus in der Küche eine Kerze an, setzte ihnen einen kleinen Teller mit Essen aus demselben Topf vor und schaute mit grimmigem Schweigen zu, wie sie aßen.

„Nun zu Bett", sagte sie, „sonst seid ihr morgen nicht ausgeruht für die Arbeit."

Sie führte sie in einen Raum auf dem Dachboden. Er war völlig leer. Nur ein wenig Stroh lag auf dem Boden und etwas Sackleinen zum Zudecken.

„Jetzt hingelegt und geschlafen. Und kein Geschwätz! Oder ihr bezieht beide von mir solche Dresche, daß ihr bald lernen werdet, Frau Garaus keine Streiche zu spielen."

Als sie den Raum verlassen hatte, wagten die beiden nicht zu reden. Sie hielten sich in den Armen, weinten leise und schliefen eng umschlungen ein.

Am nächsten Morgen erwachten sie beim ersten Lichtschimmer und sahen Frau Garaus über sich gebeugt. „Auf mit euch, ihr faulen Langschläfer! Ihr könnt euer Leben nicht verschlafen, wenn ihr je auf diesen Berg kommen wollt. Auf jetzt, aber rasch, sonst gibt's kein Frühstück!"

Sie eilten hinab in die Küche und erhielten wieder einen Teller mit dem gleichen schleimigen Brei. Dann schickte Frau Garaus sie erneut an die Arbeit.

Maria sah, daß der Staub sich gesetzt hatte, genau wie vorher, und sie mußte die Arbeit wieder ganz von vorn anfangen.

David stellte fest, daß der Kessel unterm Dach über Nacht leergelaufen war. Er meinte, daß das Tröpfeln im Brunnen womöglich von einem Leck oben im Kessel herkomme. Aber Frau Garaus ließ ihm nie genug Zeit, es genau festzustellen. Den ganzen Tag lang schleppte er seine Wassereimer, und immer wartete Frau Garaus im Flur auf ihn, mit ihrem Schimpfen und den brennenden Hieben ihrer Rute.

So verging ein zweiter Tag und ein dritter und ein vierter. Ein Tag folgte auf den anderen, bis sie das Zählen vergaßen, denn der eine war wie der andere. Immer die gleiche, nie endende Arbeit, immer das gleiche, abscheuliche Essen, immer die gleichen Beschimpfungen, Drohungen, Schläge. Fast vergaßen sie, was Sonnenschein war und frische Luft. Sie erkannten, daß die Arbeit niemals ein Ende finden würde, und jeden Abend fühlten sie sich so unglücklich, daß sie beim Einschlafen schon Angst vor dem Erwachen am Morgen hatten.

Die Flucht

Eines Nachts waren Davids Beine so wund, daß die Schmerzen ihn weckten, als er sich im Schlaf umdrehte. Er lag ganz still, mit weitgeöffneten Augen. Es war stockfinster, und er konnte nichts sehen. Von unten hörte er ein gewaltiges Schnarchen. Frau Garaus mußte fest schlafen. Er lag eine Weile still da und dachte nach, dann drückte er leise Marias Arm und flüsterte ihr ins Ohr: „Maria, wach auf! Frau Garaus schnarcht unten, wenn wir leise sind, können wir reden."

„Oh David, ich bin so unglücklich. Ich wünschte, wir fänden einen Weg, hier herauszukommen."

„Das ist's ja, worüber ich nachgedacht habe", sagte David. „Maria, du bist jetzt in allen Zimmern des Hauses gewesen, außer in ihrem. Können wir aus einem davon hinauskommen?"

„Nein", sagte Maria, „ich habe sie mir alle angesehen. Überall sind die Fenster verschlossen und vergittert. Nirgendwo gibt es einen Weg durchs Fenster."

„Bei der Vordertür ist nichts zu machen", sagte David. „Ohne Schlüssel bringen wir sie nie auf, und den hat sie in der Tasche."

„Kann man irgendwie über das Dach fliehen?" fragte Maria.

„Nein, ich habe schon nachgesehen. Der Kessel steht allein in einer Art Dachkammer, und die hat keinen Ausgang."

„Oh, was können wir nur tun?" sagte Maria verzweifelt.

„Ich hätte schon eine Idee", sagte David. „Aber es ist riskant, und vielleicht geht es auch nicht."

„Was ist es, David?" fragte Maria eifrig.

„Nun, es gibt nur ein Zimmer im Haus, das wir nicht gesehen haben, und das ist ihres. Vielleicht gibt es dort einen Weg nach draußen – eine Tür oder ein Fenster, und vielleicht kümmert sie sich nicht darum, ob sie verschlossen sind. Es ist nur eine Möglichkeit, aber sonst sehe ich keine Hoffnung, und ich glaube, wir müssen es einfach versuchen."

„Aber wenn wir in ihr Zimmer gehen", sagte Maria entsetzt, „bringt sie uns um. Ich glaube, sie würde uns totprügeln, wahrhaftig. Ich traue mich nicht, ehrlich, ich traue mich einfach nicht."

„Ich habe einen Plan", sagte David.

„Was für einen?" fragte Maria mit Furcht in der Stimme.

„Wir müssen sie aus ihrem Zimmer locken", sagte David. „Sie muß in solcher Eile herausstürzen, daß sie sich nicht damit aufhält, die Tür abzuschließen. Und wir müssen sie so lange draußenhalten, daß wir hineingehen und uns umsehen können und fliehen – wenn es einen Ausgang gibt – oder wieder hier heraufkommen, wenn keiner da ist. Ich hab mir also folgendes überlegt: Wir schleichen uns nachts hinunter, ohne daß sie uns hört. Wir gehen auf den Flur, und ich hole den Eimer unter der Treppe hervor. Den werfe ich dann plötzlich alle Stufen hinunter, vom Flur bis unten zum Brunnen. Wir verstecken uns im Wohnzimmer hinter der Tür. Bestimmt kommt sie heraus, wenn sie den Krach hört, und geht die Treppe runter, um zu sehen, was los ist. Wir huschen dann schnell in ihr Zimmer. Im Nu sehen wir, ob es einen Ausgang gibt. Ist einer da, schon sind wir draußen, und wir rennen, was das Zeug hält. Wenn es keinen gibt, nun, dann müssen wir so schnell wie möglich wieder hier rauf und so tun, als ob wir schliefen."

„David, ich hab Angst. Vielleicht sollten wir einfach dableiben und hoffen, daß uns eines Tages jemand herausholt."

„Nein, das ist hoffnungslos. Das weißt du genau. Auf alle Fälle sollten wir zeigen, was wir wert sind, und das heißt, daß wir selbst etwas unternehmen müssen, um hier herauszukommen. Wir müssen weiterkommen mit unserer Suche. Maria, fühl dein Medaillon. Das wird dir Kraft geben."

Sein eigenes fühlte sich gut an auf der Haut. Er dachte an das freundliche, ruhige Gesicht von Krähenfuß, und er fing an, sich stark und sicher zu fühlen und so mutig, wie er versucht hatte zu erscheinen, als er mit Maria sprach.

„Wann willst du's versuchen?" fragte Maria.

„Jetzt! Es ist noch dunkel, und man kann nie wissen, was morgen sein wird. Jetzt ist der rechte Augenblick!"

Geräuschlos standen sie auf, nur das Stroh raschelte ein wenig. Sie öffneten die Tür einen Spalt, und das Schnarchen hörte sich noch gewaltiger an. Es ging langsam und regelmäßig. Sie schlichen die Treppe hinab und vermieden die Stufen, von denen sie wußten, daß sie knarrten. Sie gingen auf Zehenspitzen und waren so sorgsam, daß sie keinerlei Geräusch verursachten. Als sie an ihre Tür kamen, schlichen sie unwillkürlich so weit entfernt wie möglich daran vorbei. Sie erreichten die Wohnzimmertür, und David öffnete sie langsam und leise und schob Maria vorsichtig hinein. Dann ging er zum Schrank unter der Treppe und öffnete behutsam die Tür. Er tastete nach dem Eimer und bewegte seine Hände nur zentimeterweise. Seine Finger berührten ihn schließlich, und langsam und vorsichtig faßte er ihn so, daß der Henkel nicht gegen den Eimer schlagen konnte. Dann hob er ihn hoch über den Kopf, holte tief Luft – und warf ihn die Treppe hinunter.

Das Getöse war fürchterlich. Er sprang ins Wohnzimmer, sein Herz schlug so heftig, daß er kaum Luft bekam. Er blieb mit Maria hinter der Tür stehen. Weiter und weiter hinab polterte der Eimer, von Stufe zu Stufe, um die Windung der Treppe, donnerte gegen die Wand und weiter, hinunter, hinunter.

Das Schnarchen hatte schlagartig aufgehört. Sie konnten hören, wie Frau Garaus sich hocharbeitete und vor sich hinmurmelte. Plötzlich hörten sie, wie ihre Tür aufging, und sie sahen ein flackerndes Licht durch den offenen Spalt der Wohnzimmertür, als sie mit einer Kerze in der Hand aus ihrem Zimmer kam.

„Was habt ihr bösen Kinder jetzt wieder angestellt?“ kreischte sie. „Wartet nur, wenn ich euch kriege. Ich prügele euch windelweich!“ Und sie tappte die Treppe hinab, immer noch mit Wutgeschrei und mit fürchterlichen Drohungen.

Maria öffnete die Tür, und beide rannten über den Flur. Ihre Zimmertür stand offen – sie hatte nicht abgeschlossen! Sie huschten hinein. Es gab zwei Fenster, und jeder hastete zu einem.

„Hier ist ein Schlüssel!“ wisperte Maria plötzlich. Das Fenster reichte bis zum Boden und war zu öffnen wie eine Tür. Es war verschlossen, doch David packte den Schlüssel und drehte ihn mit aller Kraft im Schloß. Schon konnten sie Frau Garaus' Fußtritte hören. Sie kam wieder die Treppe herauf, näher und näher kam sie. Endlich gelang es David, einen Flügel zu öffnen.

Sie schlüpften beide hindurch, stolperten und wären fast gefallen, gerade als Frau Garaus die Zimmertür erreichte. Sie hörten sie mit tiefer, schrecklicher Stimme sagen: „Ihr … wagt … es …, in … mein … Zimmer … zu … gehen …", aber da waren sie schon draußen. Sie rannten los, landeten aber geradewegs in einem Gebüsch. Sie rafften sich auf, liefen drum herum und versteckten sich auf der anderen Seite. Sie blieben mäuschenstill, damit die Alte sie nicht hören und entdecken konnte. Sie schauten zurück und sahen, wie sie an das offene Fenster kam. Ihr Gesicht war verzerrt und dunkel vor Wut.

Dann sahen sie plötzlich, wie die Kerze die Gardine berührte – und sofort stand diese in Flammen. Bevor sie sich rühren konnte, fing ihr Nachthemd Feuer, dann ihr Haar, und im Nu glich sie einer Feuersäule. Sie kreischte und fiel rückwärts ins Zimmer. Auf einmal loderte der ganze Raum auf.

Plötzlich packte David Marias Arm und deutete auf das Fenster. „Sieh, was da an den Wänden hängt!" stieß er hervor. Im flammenden Licht konnten sie erkennen, daß die Wände mit Medaillons behängt waren, den gleichen, die sie selber trugen. Und während sie hinschauten, fingen die Medaillons an zu schmelzen und liefen in leuchtenden Rinnsalen die Wände herab.

„Darum hat sie versucht, unsere auch zu bekommen! Sie nimmt sie und hortet sie", sagte Maria. „Wie schrecklich!" fügte sie hinzu, ohne recht zu wissen, warum.

Bald loderte das ganze Haus in der Nacht. Ringsherum war alles erleuchtet. Sie erhoben sich, und durch das Licht der Flammen fanden sie den Weg. Rasch machten sie sich auf, Hand in Hand, und nie zuvor war ihnen die frische, reine Luft so wunderbar, waren ihnen die Sterne am Himmel so hell vorgekommen.

Willkommen
bei Frau Knuddelschmus

Als sie erwachten, war es bereits Tag. Sie waren eine lange Zeit gerannt, um so weit wie möglich von jenem schrecklichen Ort fortzukommen. Dann hatten sie sich erschöpft unter einen Baum gelegt.

Der Baum war niedrig und spendete Schatten. Als Maria ihre Augen aufschlug, blieb sie einfach liegen und betrachtete voller Freude das Muster aus laubigem Grün vor dem Himmelsblau, das sich leis bewegte. Auf einem der Äste saß ein Vogel und sang.

Sie setzte sich auf, und da, ein paar Schritte von ihr entfernt, hockte ein Kaninchen und knabberte am Gras. Es wandte sich um und hoppelte weg. Dann hielt es an, blickte zu ihnen zurück und knabberte friedlich weiter.

Maria berührte David am Arm, und er reckte sich.

„David, wach auf, es ist wunderschön hier! Ich bin so glücklich, daß ich gar nicht weiß, was ich mit mir anfangen soll!"

David richtete sich auf und rieb sich die Augen. Er blickte umher, dann sagte er: „Ich habe Hunger!"

„Ich weiß, ich auch", sagte Maria. „Ich wünschte, wir wären nicht immerzu hungrig. Wenn wir nichts zu essen bräuchten, wären wir vielleicht nicht so in die Patsche geraten."

„Vielleicht könnten wir arbeiten", sagte David, „und ein bißchen Geld verdienen, dann ständen wir sozusagen auf eigenen Füßen. Wenn dann die Leute Geld von uns haben wollen für ihre Hilfe bei unserer Suche oder für Essen, dann hätten wir welches und bräuchten nicht zu machen, was sie sagen, wie bei dieser greulichen alten Frau ..."

„Sprich nicht von ihr, David! Ich will nie wieder an sie denken oder ihren Namen hören."

„Schön, ich sage nichts."

„Ich dachte schon, wir müßten für immer und ewig bei ihr bleiben. Ich habe nicht gewußt, daß man so unglücklich sein kann."

„Ja", sagte David. „Aber trotz allem, jetzt geht's uns doch gut, nicht wahr? Wir sind entkommen, und eigentlich haben wir nichts verloren, oder? Ich weiß nicht recht, wie ich es erklären soll, aber wir haben noch unsere Arme und Beine und alles – und irgendwie sind wir noch wir selbst. Meine Beine tun zwar scheußlich weh, aber ich bin ganz in Ordnung und – wie soll ich sagen – ich bin immer noch ich, und du bist du, und uns geht's gut. Jedenfalls, dieser Platz hier ist so schön, so herrlich. Ich bin glücklich. Ich bin sicher, es wird uns gutgehen, und ich bin sicher, wir werden den See finden."

„David, mein Lieber, du warst überaus tapfer und obendrein auch noch ziemlich schlau!"

„Ach komm, sei nicht blöd", sagte er leichthin, aber er fühlte sich doch geschmeichelt. „Jetzt müssen wir aber weiter", sagte er dann schnell, und sie rappelten sich auf.

Viele Stunden schienen sie schon unterwegs zu sein, da sagte Maria: „Mir fällt was ein. Weißt du noch, wie wir früher manche Sachen nicht mochten? Jetzt könnte ich alles essen."

„Etwa auch Spinat?" fragte David.

„Ja", sagte Maria, „sogar Spinat."

„Mir geht's genauso", sagte David.

„Sogar", sagte Maria nach sorgfältiger Überlegung, „sogar Grießbrei."

„Ja, ich glaub, ich auch. Mit reichlich Zucker. Und Sahne. Nein, auch ohne alles."

„Mir läuft das Wasser im Mund zusammen."

„Wir sollten lieber aufhören, an Essen zu denken. Niemand weiß, wann wir wieder etwas kriegen werden. Laß uns ‚Ich sehe was, was du nicht siehst' spielen. Du fängst an", sagte David.

Maria blickte ringsumher, um etwas Schwieriges zu finden, und sagte: „Ich sehe was ...", als sie plötzlich aufgeregt nach vorn zeigte und rief: „David, da ist ein Haus!"

Durch die Bäume vor ihnen konnte man ein breites Haus erkennen. Es war schimmernd weiß.

„Menschenskind", sagte David, „was es wohl diesmal ist?"

Beim Näherkommen entdeckten sie eine Frau im Garten. Sie pflückte Rosen. Sie war ganz in Weiß und trug einen großen Hut mit weicher, herunterhängender Krempe. Sie war ziemlich beleibt und sah irgendwie gemütlich aus. Als sie an das Gartentor kamen, blickte sie auf, und auf ihrem Gesicht erschien ein breites, fröhliches Lächeln.

„Guten Morgen", sagte sie. „Wie hübsch, zwei so liebe Kinder an diesem herrlichen Morgen spazierengehen zu sehen!"

„Guten Morgen", antworteten beide höflich, doch ohne Begeisterung. Vor Fremden mußte man auf der Hut sein, das hatten sie jetzt gelernt.

„Ich habe schöne, reife Pfirsiche – wenn ihr wollt, könntet ihr sie vielleicht essen", sagte die Frau mit verschmitztem Lächeln.

„Oh ja", sagte Maria, „das könnten wir schon. Eigentlich haben wir schrecklichen Hunger."

„Nun, dann kommt nur herein, und wir wollen sehen, was wir für euch finden können."

Sie sahen gleich, daß keines der Fenster Gitterstäbe hatte und daß alle Fenster und Türen offenstanden. Ein Torbogen führte zu einem Innenhof, und er hatte nicht einmal eine Tür.

„Ja, also vielen Dank", sagte David, noch immer vorsichtig.

Die Frau führte sie in den Innenhof. In der Mitte stand ein Springbrunnen, von Blumen umgeben. Dann ging es durch einen zweiten Torbogen auf einen großen Rasen. Da gab es ein weißes Schwimmbecken, und aus dem Gras ragten große, schattenspendende Bäume. Bequeme Stühle waren um einen weißen, schmiedeeisernen Tisch gruppiert, auf dem Blumen standen.

Die Frau rief mit fröhlicher Stimme: „Mona, wir haben Besuch!"

Eine schmale, kleine, gleichfalls in Weiß gekleidete Frau kam heraus und trat zu ihnen, als sie sich setzten. Ihr Gesicht war runzlig, und sie trug eine Brille mit schmalen Stahlrändern, schien aber freundlich zu sein.

„Haben sie irgendetwas zum Frühstück gehabt, diese Kinder?" fragte Mona. „Mir kommen sie halb verhungert vor."

„Ach nein“, erwiderte Maria, „eigentlich haben wir nichts bekommen. Und überhaupt haben wir schrecklich lange nichts Richtiges gegessen“, fügte sie hinzu, und plötzlich bekam sie Angst, sie müsse anfangen zu weinen und David würde wegen ihrer Schlappheit böse mit ihr sein.

„Mona“, sagte die dicke Frau, „bring mal schön kalte Milch, dazu Flocken, Rührei mit Speck, gebutterten Toast, Honig und auch ein paar von den reifsten Pfirsichen. Wie gefällt euch das für den Anfang, Kinder?“

„Ist es auch wahr?“ fragte Maria. „Sie nehmen es uns doch nicht alles wieder weg, wenn es dasteht, oder ...“ und diesmal konnte Maria ihre Tränen nicht zurückhalten. Sie saß da und schluchzte und schluchzte.

„Du liebe Güte!“ rief die dicke Frau, „was ist euch zwei Süßen denn widerfahren? Aber ihr braucht es mir nicht jetzt zu erzählen. Erst gibt es ein schönes Frühstück. Komm, mein Liebling, komm in meine Arme!“

Sie schloß Maria in die Arme und tröstete sie und ließ sie schluchzen und schluchzen, bis alles vorüber war. Sie gab ihr ein Taschentuch, und Maria trocknete sich die Augen, putzte sich die Nase und fühlte sich viel besser. David kam hinter ein paar blühenden Büschen hervorgeschlendert, wo niemand ihn bemerkt hatte. Doch als er zurückkam, schimmerten auch seine Augen vielleicht ein bißchen heller als sonst.

„Seht ihr wohl“, sagte die dicke Frau, „so ist es schon besser. Mir scheint, wir kennen einander schon ganz gut. Aber sagt mir, wie heißt ihr denn?“

„Ich heiße Maria. Und das ist mein Bruder David. Wie heißen Sie denn?“

„Mein Name ist Frau Knuddelschmus, aber warum nennt ihr mich nicht einfach Emi? Da bist du ja, Mona, das sieht ja prächtig aus. Stell es hin, und wir wollen mal sehen, was für ein Loch diese beiden Knirpse hineinessen können. Und jetzt sagen wir keinen Ton mehr, bis ihr fertig seid!“

Frische, knusprige Flocken mit Zucker und Sahne; Rührei mit gebratenem Speck, hinuntergespült mit langen Zügen eiskalter, sahniger Milch; dazu heißer, gebutterter Toast mit schmelzendem Honig – jeder Mundvoll war ein Leckerbissen. Und zum Schluß für jeden ein großer, reifer Pfirsich, dessen Haut sich beim ersten Zug ablöste und dessen Fruchtfleisch zu wohlschmeckendem Saft wurde, wenn man es mit der Zunge gegen den Gaumen drückte.

„Nie habe ich so ein wunderbares, tolles Frühstück bekommen, nie im Leben!“ sagte Maria und lehnte sich in ihrem Stuhl zurück.

„Ich auch nicht“, sagte David und kaute noch. „Danke schön, danke schön!“

„Nun, meine Lieben, mir scheint, ihr seid rechtschaffen müde. Wie wär's mit einem Schläfchen? Das wird euch beiden guttun. Kommt mit, ich zeige euch eure Betten.“

Sie folgten ihr ins Haus, und sie führte die Kinder in ein Schlafzimmer mit zwei frischbezogenen Betten. Ein blauer Teppich lag darin, und die Vorhänge hatten ein hübsches Blumenmuster. Auf dem einen Bett lag ein Schlafanzug ausgebreitet und auf dem anderen ein hübsches Rüschennachthemd.

Sie zogen sich aus und paßten auf, daß niemand ihre Medaillons sah. Dann gingen sie zu Bett. Als Maria die weichen, kühlen, schneeweißen Laken fühlte, sagte sie: „Ich glaube, ich fange gleich noch mal an zu weinen. Ich hatte schon gedacht, es wäre am Ende Stroh auf einem Steinfußboden“, und bei der Erinnerung traten ihr wieder die Tränen in die Augen.

„Aber, aber, meine Lieben, nun denkt mal nicht mehr daran. Kuschelt euch nur schön ein und schlaft süß, solange ihr wollt.“

Sie beugte sich nieder und küßte beide und steckte die Decken fest. Dann zog sie die Vorhänge zu und ging auf Zehenspitzen hinaus. Die Tür ließ sie ein klein wenig offen. Einen Augenblick blieb sie mit Mona noch stehen, und beide schauten auf die in den Betten ausgestreckten Kinder. Dann trafen sich ihre Blicke, und sie gingen leise fort.

Beim Plätschern des Springbrunnens und dem Gesang der Vögel glitten die Kinder in einen tiefen und traumlosen Schlaf.

Das Paradies – und wie es wirklich hieß

Wie lange sie geschlafen hatten, wußten sie nicht genau, doch Emi sagte, sie hätten rund um die Uhr geschlafen. Als sie erwachten, war es Tag. Sie ließ die beiden im Schwimmbecken baden, und es gab noch ein herrliches Festmahl. Dann setzte sie sich in eine große Hollywoodschaukel, die auf dem Rasen stand. David mußte sich auf die eine und Maria auf die andere Seite setzen, und sie nahm beide in den Arm. Dann sagte sie: „Nun, meine Lieben, wenn ihr mir erzählen wollt, was euch widerfahren ist, dann fangt an. Es wird euch guttun, und dann könnt ihr es euch aus dem Kopf schlagen. Das Vergangene ist vergangen, und es kommt niemals wieder. Also, wer fängt an?" – und sie drückte beide an sich.

David begann und erzählte ihr alles, er merkte nur, daß er von Krähenfuß wenig sagte, und er gab acht, die Medaillons überhaupt nicht zu erwähnen. Als er zu dem furchtbaren Teil mit Frau Garaus kam, löste Maria ihn ab, damit alles richtig erzählt und nicht durch Davids Bescheidenheit verdorben würde.

Als sie zum Schluß kam und zu Emi aufblickte, sah sie Tränen in ihren Augen.

„Meine armen, armen Lieblinge", sagte sie. „Kaum zu glauben, daß es solch grausame, böse Menschen hierzulande gibt! So etwas soll euch nie, nie wieder passieren. Ich möchte euch sagen, daß ihr nie wieder Angst zu haben oder allein oder in Not zu sein braucht. Ihr bleibt jetzt einfach hier und seid froh und glücklich. Vergeßt alles, denn dies ist das Haus des Glücks, es ist ein Paradies. Kommt nur herein und bleibt da und laßt Elend und Gemeinheit hinter euch."

„Sie meinen, wir dürfen wirklich hierbleiben?" fragte Maria. Sie konnte es kaum fassen.

„Aber gewiß doch! Ihr werdet wie meine eigenen Kinder sein und alles haben, was ihr euch wünscht."

„Aber was wird aus unserer Suche nach dem See Feuergold?" fragte David, und das Medaillon fühlte sich kalt auf seiner Haut an.

„Ja, mein Kind", sagte Emi, „das ist etwas Wunderbares, sicherlich. Aber ihr seid noch etwas zu jung dafür. Denkt doch nur an die schreckliche Lage, in die ihr geraten seid! Ihr müßt noch ein wenig älter, stärker und klüger werden, und dies ist euer Platz, bis es soweit ist."

David bemerkte, daß ein Stirnrunzeln auf ihrem gutmütigen, heiteren Gesicht erschien, als er den See erwähnte, und so hielt er es für besser, nichts mehr zu sagen.

„Und nun, meine Lieben, wollen wir gehen und die anderen Kinder suchen."

„Gibt es denn hier noch andere Kinder?" rief Maria.

„Aber ja, und ob es die gibt, eine Menge, gleich werdet ihr sie sehen."

„Sind es Ihre Kinder?" fragte David.

„Alle Kinder, die zu mir kommen, sind meine Kinder, und ich habe sie auch alle gleich lieb. Aber jetzt wollen wir zurück ins Haus gehen und euch etwas Ordentliches anziehen."

Sie führte sie in ihr Zimmer, wo Mona schon dabei war, alle möglichen Sachen zurechtzulegen. Sie probierten Schuhe und Sandalen an, und dann packte Mona alle ihre Sachen in eine Tragetasche.

„Gehen wir denn weg von hier?" fragte Maria ängstlich.

„Nein, oh nein", sagte Emi beruhigend. „Ihr könnt kommen und gehen, wie es euch gefällt. Ihr könnt kommen und hier schlafen, wenn ihr Lust dazu habt, und könnt mich besuchen, sooft ihr wollt. Es ist nur so, daß ich im Garten noch einen anderen Platz geschaffen habe, weil jetzt so viele Kinder da sind, daß es hier zu eng für alle wird. Aber dort werdet ihr euren Spaß haben, mit Spielzeug und gemeinsamen Spielen den ganzen Tag, das ist ein wahres Paradies für Kinder. Wollt ihr?"

„Sie sind so lieb!" sagte Maria.

„Nun ist es Zeit zum Umziehen und Gehen. Laßt eure alten Sachen einfach hier auf einem Haufen liegen. Mona kümmert sich darum. Laßt alles da, ihr braucht dort nichts von euren Sachen. Bindfaden und Nägel in euren Taschen, auch wenn ihr etwa kleine Stücke Metall bei euch habt, laßt das alles hier, bitte. Nun zieht euch aus, ihr Lieben."

„Darf ich mich bitte allein umziehen?" fragte David. Er wurde rot vor Verlegenheit, doch er blieb fest, denn er wollte nicht, daß sie die Medaillons sah.

Wieder sah er ein Stirnrunzeln wie eine Wolke über ihr Gesicht ziehen, aber ihre Stimme war ganz sanft, als sie sagte: „Aber gewiß, ihr Lieben, ganz wie ihr wollt", und sie und Mona ließen sie allein im Zimmer.

Als sie fertig waren, kamen Emi und Mona wieder herein, und Mona fing an, in ihren Kleiderhaufen herumzusuchen. Fast unmerklich erhaschte sie Emis Blick, und Emi sagte: „Habt ihr nicht beide ein kleines Medaillon, ihr Lieben? Laßt es lieber hier. Es ist sicherer. Ihr habt doch Vertrauen zu eurer alten Emi, nicht wahr?"

Aber sie waren schon aus der Tür und taten, als hätten sie nichts gehört.

Emi kam heraus, ohne noch etwas zu sagen, und sie gingen zusammen über den Rasen. Sie gingen ein paar breite, weiße Marmorstufen hinab und dann durch ein moosiges Wäldchen. Schon konnte man fröhliche Kinderstimmen hören. Dann traten sie hinaus auf eine Art Lichtung und erblickten eine Menge Kinder. Es gab zwei große Schwimmbecken und einen schön plätschernden Springbrunnen am einen Ende, und die Kinder machten sich einen Spaß daraus, hinein- und herauszuspringen. Es gab Sandkästen, Barren, Karussells – alles, wovon ein Kind nur träumen kann. Es gab Häuser zum Spielen, Burgen, Schiffe, Eisenbahnzüge, Autos, Düsenflugzeuge, Raumschiffe, Raketen – alles. Und versteckt zwischen den Bäumen standen die Häuschen, in denen die Kinder wohnten.

Emi ging zu einem Turm, in dem eine große Glocke hing, und zog an einem Seil. Laut tönte die Glocke. Gleich hörten alle auf mit dem, was sie gerade machten und blieben stehen. Es war ganz still.

„Ihr Lieben!“ sagte Emi mit lauter, heller, süßer Stimme. „Hier sind zwei neue Freunde – Maria und David. Kommt und begrüßt sie als neue Geschwister!“

Alle Kinder kamen gleich herbeigerannt und umringten sie.

„Kommt!“ riefen sie. „Kommt mit und spielt mit uns! Wir bringen euch alle Spiele bei und zeigen euch alles, was man hier machen kann. Komm, Maria, komm, David!“

Maria und David wurden an den Händen gefaßt und fortgezogen von einer lachenden, lärmenden, fröhlichen Kinderschar. Sie hatten nicht einmal Zeit, sich von Emi zu verabschieden. Mona brachte ihre Taschen in eines der Häuschen, und Emi stand da und sah dem ganzen Schauspiel zu. Als Mona wieder zu Emi kam, sahen sie sich an, und sie schüttelte ganz leise den Kopf. Sie wandten sich um und gingen langsam zum Haus zurück. Ein mißmutiges Stirnrunzeln war auf Emis Gesicht.

Maria und David lebten dort so manchen Tag. Sie wußten selbst nicht, wieviele es waren. Alle waren glücklich und spielten die meiste Zeit. Das Essen war köstlich wie am ersten Tag und die Betten sauber und gemütlich. Die Kinder waren liebenswert, heiter und lustig, immer und überall hörte man fröhliches Lachen.

Eines Tages waren Maria und David eben aus dem Schwimmbecken gekommen, und David jagte Maria durch den Wald. Er jagte sie hin und her zwischen den Bäumen, und sie neckte ihn und tänzelte vor ihm her. Schließlich fing er sie, und sie lagen atemlos am Boden und lachten.

Als sie wieder zu Atem gekommen waren, setzte David sich auf, legte das Kinn auf die Knie und sagte: „Maria, bist du glücklich?“

„Oh ja“, antwortete sie, „nie im Leben bin ich so glücklich gewesen!“

Als er darauf schwieg, blickte sie ihn überrascht an und fragte: „Du nicht?“

„Doch, doch“, sagte er beinahe widerwillig, „schon, irgendwie. Aber komisch, ich habe das Gefühl, als gehöre ich nicht dazu. Ich weiß nicht, wie ich's dir erklären soll, aber ich komme mir anders vor als die anderen alle, und – na ja – sozusagen verschieden. Verstehst du, was ich meine?“

„Nein, nicht so ganz“, sagte Maria verblüfft und blickte ihn erwartungsvoll an.

„Also, wenn man sich's recht überlegt, wir haben uns hier mit niemandem richtig angefreundet, nicht wahr? Zu Hause hatten wir unter den anderen Kindern immer Freunde, aber hier spielen wir doch meist nur zu zweit miteinander, außer bei den großen Spielen. Die Kinder hier sind so anders. Sie sind wohl ganz nett, bestimmt haben sie nichts Böses an sich. Aber sie sind doch einfach anders als wir. Als würde ihnen irgendwas fehlen.“

Maria wartete, ob er noch etwas sagen würde. Das Herz wurde ihr schwer, und es kamen ihr böse Ahnungen. Schließlich brach es aus ihr heraus: „Aber David, du willst doch nicht fort von hier? Du möchtest doch nicht weggehen?“

Er antwortete nicht gleich. Dann sagte er: „Ich muß immerzu an unsere Suche denken. Und mein Medaillon fühlt sich kalt auf der Haut an.“

„Aber David, oh David, wir sind doch glücklich hier. Es ist wie im Paradies. Wir könnten immer hierbleiben und wären niemals unglücklich.“

„Und die Suche?“

„Die hatte ich ganz vergessen. All das kommt mir so weit weg vor. Lohnt es sich überhaupt? Denk doch, was uns früher passiert ist! Und wer weiß, ob es den See wirklich gibt? Und selbst wenn es ihn gibt, ist das so furchtbar wichtig?“

„Ich weiß, daß es ihn gibt“, sagte David, „und ich weiß, daß die Suche danach das Wichtigste ist, was es überhaupt geben kann. Weißt du nicht mehr, wie Krähenfuß uns eingeprägt hat, das nie zu vergessen? Er muß gewußt haben, daß uns das leicht passieren könnte.“

Maria sagte nichts. Tränen standen in ihren Augen. Lange Zeit saßen sie schweigend. Daß sie einander nicht verstanden, war wie eine Mauer zwischen ihnen. Dann sagte Maria: „Weißt du nicht mehr, daß Emi gesagt hat, wir wären zu jung? Sie meinte, wir sollten eine Weile hierbleiben und stärker und älter werden.“

„Wenn das deine Empfindung ist, dann sollten wir hingehen und mit ihr darüber sprechen“, sagte David.

„Oh nein!“ rief Maria. „Nur das nicht! Ich habe ein schreckliches Gefühl. Wenn wir zu ihr gehen und mit ihr reden, wird etwas Furchtbares geschehen. Wir müssen selbst entscheiden, ob wir bleiben oder gehen, aber wir dürfen nicht mit ihr darüber sprechen. Es macht mir Angst.“

„Mir nicht“, sagte David. „Was sollte denn passieren? Jedenfalls können wir nicht einfach weggehen, ohne ihr etwas davon zu sagen, und ich habe keine Lust, immer und ewig hierzubleiben. Wir suchen sie jetzt gleich!“

„Bitte nicht, David, bitte nicht“, flehte sie.

Sie folgte ihm, als er sich auf den Weg durch den Wald zu Emis Haus machte.

„Bitte nicht, bitte nicht, David!“

Doch er schritt weiter, und sie folgte ihm.

Sie kamen schließlich durch ein paar Büsche aus dem Wald heraus, und da stand das Haus vor ihnen, blendend weiß im Sonnenschein. Es schien ein anderer Flügel zu sein als der, in dem sie früher gewesen waren. Eine Tür stand offen, gerade vor ihnen. David ging keck hinein, ohne stehenzubleiben, und als er über die Schwelle trat, rief er: „Emi!“

Sie saß am entgegengesetzten Ende des langen Raumes. Sie saß da und schaute ihnen entgegen, ohne sich zu rühren. Dann sagte sie langsam, mit einer Stimme, die sie vorher bei ihr noch nicht gehört hatten, einer Stimme, die ruhig, tief und seltsam drohend war:

„Was wollt ihr? Und was tut ihr in meinem Zimmer?“

Plötzlich sahen sie beide, was da an den Wänden des Zimmers hing: Medaillons, reihenweise Medaillons. Hunderte und Aberhunderte. Schnell faßten sie einander bei den Händen, und David stieß hervor: „Sie sammelt sie auch!“

Sie wandten sich um und rannten. Sie stürzten aus der Tür, rannten um das Haus herum zur Vorderseite, durch den Rosengarten und weiter zu dem Weg, der am Haus vorbeiführte.

Als sie sich umschauten, um zu sehen, ob sie verfolgt würden, erblickten sie auf der weißen Pforte in großen schwarzen Buchstaben den Namen:

Haus des Vergessens

David schauderte. Sie rannten, so schnell sie konnten, weiter und weiter, bis sie erschöpft unter einem Baum niedersanken und in Schlaf fielen.

Abenteuer auf dem Marktplatz

Als sie erwachten, horchten sie, ob jemand hinter ihnen her war. Aber alles war still, bis auf den Gesang der Vögel und die feinen, leisen Geräusche der Ameisen, Grashüpfer und der kleinen Käfer, die sich zwischen den Kiefernnadeln bewegten.

„Lieber David“, sagte Maria, „ich muß dir etwas gestehen. Du hattest völlig recht mit deinem Wunsch fortzugehen. Ich war es, die vergessen hatte und auf dem falschen Weg war.“

„Du warst es, die recht damit hatte, nicht mit Emi zu reden“, sagte er. „Trotzdem bin ich froh, daß wir gesehen haben, was wirklich in ihrem Zimmer ist.“

„Wohin gehen wir jetzt?“ fragte Maria.

„Immer dem Weg nach, wir werden schon sehen, was als nächstes kommt.“

„Wir lernen aber wirklich, wie sehr wir aufpassen müssen, nicht?“ sagte Maria, und unwillkürlich berührten sie beide ihre Medaillons, die sich warm auf ihrer Haut anfühlten.

„Komm“, sagte David, „laß uns weitergehen!“

So folgten sie dem Weg weiter, erwartungsvoll und gespannt vor Neugierde, was ihnen wohl als nächstes begegnen würde. Als sie eine kleine Weile gegangen waren, kamen sie auf einen Hügel, und da, unter ihnen, lag eine ganze Stadt. Sie lag in einem weiten Tal wie in einer Schale, und ringsum erhoben sich Berge. Bäche rannen von diesen Bergen und mündeten in einen Fluß, der durch die Stadt strömte und weiter durch ein enges Tal, das sich in der Ferne verlor.

In der Stadt schien es Gebäude jeder Form und Art zu geben. Manche waren hoch und schmal, manche lang und niedrig hingestreckt. Manche hatten lauter Rundungen, andere schienen nur aus Ecken und Kanten zu bestehen. Manche waren anmutig und schön, andere waren häßlich und schlecht angelegt. Am anderen Ende, am Fuß eines der Berge, lag ein ausgedehntes Gebäude, das düster aussah im Sonnenlicht, als laste es schwer auf der Stadt.

Maria und David standen da und schauten hinunter auf das alles und staunten. „Vielleicht kommen wir jetzt dem Ende unserer Suche wirklich nahe", sagte Maria.

„Jedenfalls müßten wir hier Menschen finden, die imstande sind, uns zu helfen", sagte David.

Sie eilten den gewundenen Weg hinab, manchmal rannten und hüpften sie. Sie fühlten sich unbeschwert und waren voller Erwartung.

Der Weg verbreiterte sich zu einer Straße, und zu beiden Seiten tauchten Häuser auf. Sie bemerkten, daß bei manchen Häusern Namen an den Türen standen, aber als Hausnamen kamen sie ihnen sonderbar vor. Eines hieß: *Bester Schafskopf*, und an dem gegenüberliegenden stand: *Zum Skat.* Ein anderes hieß: *Schnapspalast*, obwohl es ganz verkommen und armselig aussah. Wieder eines hieß: *Knitter-knatter*, und es kam eine Menge schrillen Lärms heraus, und daneben stand eines, das hieß: *Der-da-hat-er-gesagt – da-hat-sie-gesagt – da-hab-ich-gesagt – Club.*

Verschiedene Straßen führten nach rechts und links, und es gab große Schilder mit Pfeilen. Auf einem stand: *Zahle jeden Preis – für ein altes Stück Metall. Beeilen Sie sich, solange das Angebot gilt!*

Auf einem anderen hieß es: *Ein Jahr Arbeit, ein Leben lang Ruh – einmaliges Angebot der Gesellschaft für blühende Geschäfte.*

Auf wieder einem anderen stand: *Heilung von Unruhe und ewigem Suchen – Erfolg garantiert! Auswahl unter hundert erprobten Methoden. Freie Beratung durch unsere voll anerkannten Quacksalber.*

Ein anderes lautete: *Bist du ruh'los, bist du krank – bist du krank, brauchst du 'ne Kur – eine Operation wird dich heilen, glaub es nur!*

Auf wieder einem anderen hieß es: *Vergiß dein Bangen, vergiß die Bürde – es ist alles gleich, bist du unter der Erde.*

„Das letzte da reimt sich ja nicht einmal", sagte Maria.

„Komische Leute in dieser Stadt", sagte David.

„Ich kann in nichts einen Sinn entdecken", sagte Maria.

„Vielleicht", sagte David, „sind die hier alle ein bißchen durchgedreht wie in einem Irrenhaus."

Sie eilten weiter, so schnell sie konnten. Die Häuser zu beiden Seiten rückten dichter zusammen, und dann öffnete sich die Straße plötzlich auf einen riesigen Platz. Sie blieben stehen, der Lärm schlug ihnen ins Gesicht wie eine Ohrfeige. Sprachlos standen sie da und betrachteten das Schauspiel vor ihren Augen.

Der Platz wimmelte von Menschen. Es sah aus, als seien es Tausende. Überall liefen sie herum. Zuweilen blieben sie stehen und kauften etwas, manchmal redeten sie laut mit den Budenbesitzern oder lauschten an einer Ecke, manchmal liefen sie einfach geschwind von einer Stelle zur anderen. Keiner blickte nach rechts oder links, als seien sie alle aufs äußerste beschäftigt mit einer höchst wichtigen und dringlichen Besorgung. Maria und David waren ganz verwirrt von all dem Gelärme und den Menschen, die es alle so eilig zu haben schienen. Sie faßten einander bei den Händen und gingen langsam weiter in das Gedränge.

Sie ließen sich zu den Buden mit Eßwaren treiben. Auf einmal befanden sie sich vor einem Stand mit köstlichem Obst. Sie blieben stehen, in den Anblick von ein paar großen, reifen Pfirsichen versunken, und das Wasser lief ihnen im Munde zusammen. Die Frau hinter dem Stand rief ihnen zu: „Schöne Pfirsiche, jeder reif, greift euch zweie, greift nur, greift!"

„Können wir wirklich zwei haben?" fragte David.

„Zahlt nur das Geld, nehmt, was euch gefällt", sagte die Frau.

„Aber wir haben kein Geld", sagte David.

„Du bist mir ein Held, willst kaufen ohne Geld!" sagte die Frau. „Und versuch nicht zu klauen, sonst wirst du verhauen", fügte sie gleich darauf grimmig hinzu und bediente einen anderen Kunden, beobachtete sie aber weiter aus den Augenwinkeln.

Traurig gingen sie weiter, vorbei an vielen Buden mit verführerischem Essen. Sie waren am Ende einer Reihe stehengeblieben und fragten sich, was in aller Welt sie nur anfangen sollten und wie sie zu etwas Geld kommen könnten, um sich Essen zu kaufen, als sie jemanden sagen hörten: „Hallo!"

Sie drehten sich um und sahen einen Mann, der ihnen zulächelte. Er war ringsum von Vögeln umgeben. Vögel saßen am Boden zu seinen Füßen oder schwirrten ihm um den Kopf. Manche saßen auf seinen Schultern, und selbst auf seinen ausgestreckten Armen hatten sich welche niedergelassen.

„Wollt ihr Geld?“ fragte er.

„Ja“, sagte David. „Wir haben keines und wissen nicht recht, was wir machen sollen. Und eigentlich sind wir ein bißchen hungrig.“

Der Mann schüttelte einen Arm, und die Vögel flatterten in die Luft. Er steckte die Hand in die Tasche und zog eine Faust voll Silbermünzen hervor. Er hielt sie David hin.

„Hier“, sagte er, „damit läßt sich schon was anfangen, und ich habe mehr, als ich brauche.“

„Oh, danke schön“, sagten beide gleichzeitig.

Dann fragte Maria: „Wie kommen Sie zu ihrem Geld?“

„Oh, ich finde es ganz leicht zu bekommen, was ich brauche. Ich verkaufe diese Vögel.“

„Wie kommen Sie an die Vögel?“ fragte Maria.

„Sie kommen zu mir, weil ich sie gernhabe. Und weil ich sie gernhabe, füttere ich sie, und sie bleiben bei mir. Die Leute kommen und kaufen sie mir ab, aber es kommen immerzu neue Vögel.“

„Haben die Menschen, die sie kaufen, sie auch gern?“ fragte David.

„Wenn nicht, kommen die Vögel zu mir zurückgeflogen.“

„Stecken die Leute sie denn nicht in Käfige, wenn sie sie nicht gernhaben?“ fragte Maria.

„Diese besonderen Vögel kann man nicht in Käfige stecken, sonst sterben sie – und jedermann weiß das, es wird also niemand sein Geld umsonst ausgeben.“

Er holte ein paar Körner aus der Tasche, und die Vögel flatterten ihm auf die Hand und pickten sie auf.

„Darf ich Sie etwas fragen?“ sagte David. „Wir suchen den See Feuergold. Können Sie uns helfen, ihn zu finden?“

Er schaute sie mit ruhigen Augen an, dann sagte er: „Ihr seid ja schon auf dem Weg. Hier könnt ihr ihn nicht finden, aber ihr könnt ihn auch nicht finden, ohne hierherzukommen. Ihr findet den Weg dadurch, daß ihr herausfindet, welches nicht der Weg ist. Und je schneller ihr damit fertig werdet, um so schneller kommt ihr zu dem, was auf dem richtigen Weg liegt. Nun aber fort mit euch und überlegt gut, wofür ihr euer Geld ausgebt."

Sie dankten ihm nochmals und machten sich auf den Weg.

„Ich wünschte, die Leute würden einfach und verständlich reden", sagte Maria. „Obwohl er eigentlich furchtbar nett war, und ich glaube, er hat versucht, uns wirklich zu helfen."

„Ja, das stimmt", sagte David. „Der erste seit Krähenfuß. Und gerade, als wir es brauchten."

Sie gingen zu einem Verkaufsstand und kauften etwas Brot und Butter, dazu Obst, für eine der Silbermünzen. Dann schlenderten sie weiter, aßen und sahen sich um. Sie blieben bei einem anderen Stand stehen, und kauften sich beide ein Glas Milch. Sie hatten es fast ausgetrunken, als David sich beinahe verschluckte. Er stellte sein Glas weg, ergriff Maria beim Arm und schrie: „Da, da! Siehst du, was ich sehe?"

Er zeigte auf eine Ecke des Platzes. Da hing ein großes Plakat, auf dem stand mit großen, dicken Buchstaben gedruckt:

See Feuergold
Information und Ausflüge

Sie rannten Hals über Kopf quer über den Platz, schlängelten sich an den Menschen vorbei und stießen manchmal sogar mit jemandem zusammen. Als sie an die Ecke kamen, sahen sie einen Mann auf einer Bühne stehen, der redete sehr laut: „Herbei, ihr Leute, herbei! Alles, wovon ihr geträumt habt, alles, was ihr euch seit je gewünscht habt! Der geheime Berg und der See Feuergold! Dank der großen Tradition unseres uralten Ordens der Meistergoldschmiede wissen wir, wo er ist und wie wir euch hinbringen können. Eine Reise in sieben bequemen Abschnitten. Ein erfahrener Führer begleitet euch den ganzen Weg. Gleich fährt der Bus ab. Einsteigen, ihr Leute, einsteigen! Versäumt nicht die Gelegenheit eures Lebens! Das Erbe der Väter! Unaussprechliches Glück! Endlich gehört es euch, ihr braucht nur zuzugreifen. Kommt schon, ihr Leute, holt eure Fahrkarten, schon fährt der Bus ab!"

Maria und David gingen gleich zu dem Mann hinauf und sagten: „Können wir bitte mitfahren?"

„Aber gewiß doch, Kinder, zahlt nur euer Geld und holt eure Fahrkarten."

„Müssen wir dafür Geld zahlen?" fragte David.

Der Mann hielt plötzlich inne, legte in einer ulkigen Weise den Kopf auf die Seite, verzog sein Gesicht zu einer Art Lächeln und sagte: „Wir wollen doch alle leben, nicht?"

David holte sein Geld aus der Tasche und hielt es dem Mann hin. Der schaute es an und sagte dann: „Nicht genug, junger Freund. Komm wieder, wenn du mehr hast."

Maria und David schauten einander verblüfft an, dann drehten sie sich um, sie wollten den Bus sehen. Auf jeder Seite hatte er ein großes Schild, auf dem stand:

Feuergold Reisegesellschaft
Ehrwürdiger Orden der Meistergoldschmiede GmbH

Er war schon voll besetzt, und die Menschen sahen froh und hoffnungsvoll aus. Mit lautem Hupen setzte sich der Bus in Bewegung. Fast unmittelbar darauf sahen sie auf der anderen Seite des Platzes einen genau gleichen Bus einfahren. Er hielt an derselben Stelle. Die Leute stiegen aus, und Maria lief zu dem ersten Mann und sagte: „Sind Sie dortgewesen? Bitte erzählen Sie mir davon."

„Noch nicht, Kindchen, das war erst meine erste Stufe. Es sind sieben, weißt du."

„Aber Sie sind ja wieder hier!" rief Maria. Der Mann mußte in großer Eile sein, denn er ging schnell an Maria vorbei und sagte nichts mehr.

Maria eilte auf eine Frau zu, die eben ausstieg.

„Wieviele Stufen haben Sie hinter sich?" fragte sie.

„Sieben, mein Kind."

„Oh, dann sind Sie also wirklich dortgewesen!" sagte Maria aufgeregt. „Bitte erzählen Sie mir alles!"

„Nun, mein Kind, ich habe jetzt den Siebenten Grad", sagte sie voller Stolz.

„Ich weiß nicht, was das bedeutet", sagte Maria, „aber der See – sind Sie dagewesen?"

„Aber, aber, so etwas fragt man nicht jemanden vom Siebenten Grad, mein Kind. Wir haben ein Verschwiegenheitsgelübde abgelegt.“ Und auch sie mußte in großer Eile sein, denn die Frau ließ sie gleichfalls stehen und sagte nichts weiter.

David wandte sich zu Maria und sagte erbost: „Ich glaube nicht, daß die überhaupt hinfahren! Es ist Schwindel, weiter nichts!“

In diesem Augenblick hörte er ein Lachen hinter sich. Er drehte sich um und erblickte den Vogelmann. Der lächelte ihm zu und sagte: „Alles Offensichtliche ist es offensichtlich nicht. Aber nicht alles, was nicht offensichtlich ist, ist es offensichtlich.“

„Jetzt kommen Sie uns wieder mit solchen Rätseln“, sagte Maria, „ich wollte, Sie würden klar und deutlich reden!“ Aber er war schon weitergegangen und hörte sie nicht mehr.

Sie wanderten weiter auf dem Platz umher, und plötzlich stand ein Mann mit Bleistift und Notizbuch vor ihnen. Er lüftete höflich den Hut und sagte: „Guten Tag! Ich möchte euch ein paar Fragen stellen. Ich bin der Herr Statistikus und suche Erkenntnisse, und eure Mitarbeit wäre mir lieb. Also, was macht ihr hier auf dem Marktplatz, und wie oft wart ihr vorher schon hier?“

„Wir sehen uns um, wir kaufen etwas zu essen, und wir sind noch niemals hiergewesen“, sagte Maria.

„Ha!“ rief der Mann und hakte Punkte in seinem Notizbuch ab. „Hochinteressant. Erster Besuch, Einkaufen, Essen, Beobachten.“

„Ich möchte Sie etwas fragen“, sagte David, ehe der Mann weiterreden konnte.

„Regelwidrig. Verkehrt herum. Macht nichts – frag nur.“

„Wir sind auf der Suche nach dem See Feuergold. Können Sie uns helfen?“

„See Feuergold? Aber ja doch!“ Er schlug eine Seite in seinem Notizbuch auf. „Hier haben wir's: 89% der Leute meinen, daß es ihn nicht gibt. 14% haben versucht, ihn zu finden. 80% von den 14% sagen, sie hätten ihn nicht gefunden, 20% kein Kommentar. Kurz und gut – es gibt ihn nicht.“

„Aber“, sagte David, „wenn auch eine Menge Leute meinen, daß es ihn nicht gibt, so heißt das doch noch nicht, daß es ihn wirklich nicht gibt.“

„Irrtum, großer Irrtum. Du rüttelst an den tiefsten Grundlagen wissenschaftlicher Erkenntnis und vernünftiger Regierung. Hast du nie von der Wahrheit gehört: Die Meinung der größten Zahl von Menschen ist die größtmögliche Meinung? Grundlegend. Wahr. Jede Regierung beruht darauf, jedes Gesetz, aller guter Geschmack, sogar die Kunst. Der Weg zu Wissen, Logik, Gewißheit. Du mußt lernen, mein Junge. Du weißt nichts. Wenn du so aufwächst, wirst du's nie zu was bringen."

„Aber", sagte David, „wenn Sie jeden Menschen auf diesem Platz fragen würden, ob es mich gibt oder nicht, so würden fast alle mit Nein antworten. Und doch bin ich hier, oder nicht?"

„Ich habe hier die Fragen zu stellen", sagte der andere verärgert, „du gibst nur die Antworten. Du darfst mich nicht aufhalten bei meiner Arbeit, ich habe heute noch viel zu tun", fügte er hinzu, ging fort und hielt jemand anderen an.

Maria sagte: „Jetzt weiß ich nicht, sind wir verrückt oder sind's alle anderen, eins von beiden muß es doch wohl sein."

„Ich bin jedenfalls nicht verrückt, soviel steht fest", sagte David, „und der Mann da war ein Trottel, wie man nur einer sein kann."

Sie wanderten noch einige Zeit umher und sahen sich um nach irgendeinem Zeichen, das ihnen den weiteren Weg weisen könnte. Dann sahen sie plötzlich an einer Ecke des Platzes einen unauffällig an die Wand gehefteten Hinweis: *Bruderschaft der goldenen Herzen.* Und ein kleiner Pfeil zeigte die Straße hinauf.

„Da steht ‚goldenen', also geht es vielleicht für uns hier weiter", sagte David. „Das ist der erste Hinweis bis jetzt, wir sollten ihm nachgehen und weitersehen."

Sie folgten der Richtung des Pfeiles, verließen den Platz und kamen in eine schmale Gasse mit hohen Häusern zu beiden Seiten. Aus einem hörte man den Klang fröhlichen Lachens und lustiger Gesellschaft, und durch die offene Tür winkte ihnen jemand zu, sie sollten doch hereinkommen. Doch sie eilten weiter, wenn sie sich auch recht verlassen vorkamen.

Aus einem anderen Haus klang schöne Musik, so daß sie einen Augenblick wie verzaubert stehenblieben. Es kam jemand an die

Tür und sagte: „Kommt doch herein! Es kostet nichts. Wir haben die schönste Musik der Welt. Sie wird euch guttun, und wir laden euch herzlich ein."

Doch David sagte: „Nein, vielen Dank, wir haben es ziemlich eilig", und sie gingen weiter.

Als sie an einem anderen Haus vorüberkamen, hörten sie, wie ein Mann Gedichte vortrug. Das rührte ihnen ans Herz, und sie blieben stehen und hörten zu. In der Stimme des Mannes schien ein Zauber zu wirken, er las von fremdartigen, wundersamen Dingen, die sie bewegten, wenn sie auch kaum wußten warum. Doch als man sie einlud hereinzukommen, sagten sie wieder nein und eilten weiter.

Aus einem anderen Haus drang leckerer Küchenduft, ihre Nasen wandten sich unwillkürlich dorthin und schnupperten, als sie näherkamen. Doch als man sie zum Hereinkommen aufforderte, eilten sie wiederum weiter.

Am Ende vieler Häuser von verschiedener Art kamen sie zu einem großen Gebäude. Sie erkannten es gleich – es war das, welches sie vom Hügel aus gesehen hatten, bevor sie die Stadt betraten. Es hatte ein schweres Tor, zwei Stockwerke hoch, und darauf stand mit kleinen, blanken Buchstaben: *Bruderschaft der goldenen Herzen.*

Sie blickten einander an, halb in hoffnungsvoller Erwartung, halb in Furcht und Zweifel. Dann hob David den mächtigen Türklopfer und ließ ihn dreimal anschlagen.

Die Bruderschaft der goldenen Herzen

Langsam öffnete sich die mächtige Pforte. Im Torweg stand ein großer Mann mit einem schwarzen Bart. Er trug ein langes, ganz und gar goldfarbenes Gewand. Auf seiner linken Brustseite waren die Umrisse eines Herzens eingestickt, von dem Strahlen ausgingen. Auch die Stickerei war golden, doch mit etwas Rot drum herum, so daß es aussah, als stünde es in Flammen. Auf dem Kopf trug er einen sonderbar geformten Hut, gleichfalls golden.

Mit tiefer Baßstimme sagte er: „Was wollt ihr?"

Maria antwortete: „Wir suchen den See Feuergold im Berge, und wir wüßten gern, ob Sie uns helfen können."

Der Mann schwieg einen Augenblick und sah sie an. Dann sagte er: „Kommt herein."

Als sie drinnen waren, schloß die große Pforte sich dröhnend hinter ihnen, und der Mann schob einen großen Riegel quer davor. Doch merkten sie wohl, daß sie nicht abgeschlossen war.

Sie befanden sich in einem großen, von Bogengängen umschlossenen Hof mit Rasen in der Mitte. Der Mann mit dem schwarzen Bart führte sie in einen kleinen Raum mit steinernen Wänden. Es standen drei Stühle darin, und er hieß sie, sich niederzusetzen.

„Wie heißen Sie?" fragte David, der es satt hatte, immer zuerst nach seinem Namen gefragt zu werden.

„Ich bin Bruder Goldstaub", sagte er. „Ich hole einen anderen Bruder, der mit euch reden wird."

Nach einer Weile trat ein anderer Mann herein, mit einem braunen Bart. Er war genauso angezogen wie der erste, nur waren die Strahlen um das Herz auf seiner Brust etwas länger.

„Wie heißen Sie?" fragte David.

„Ich bin Bruder Goldunze. Was wünscht ihr?"

„Hat der andere Mann es Ihnen nicht gesagt?" fragte David. „Wir sind auf der Suche nach dem See Feuergold und wüßten gern, ob Sie uns helfen können. Wenn Sie es nicht können, so möchten wir es gleich wissen, denn wir wollen so schnell wie möglich weiterkommen."

„Wir können", sagte der Mann. „Warum wollt ihr es denn?"

„Es gibt kein Warum", sagte David. „Wir wollen es nur mehr als alles andere, und sonst wollen wir gar nichts. Außer", fügte er hinzu, weil er ganz ehrlich sein wollte, „daß wir ziemlich oft Hunger bekommen, und deshalb möchten wir auch etwas zu essen."

„Ich hole einen anderen Bruder, der mit euch reden wird", sagte der Mann und ging.

„Komisch", sagte Maria, „anscheinend kann keiner von ihnen von sich aus reden. Immer holen sie einen anderen."

„Vielleicht gibt es nur einen Menschen, der wirklich weiß, wie uns zu helfen ist, und den holen sie", sagte David.

Nach einer kleinen Weile trat ein anderer Mann herein, diesmal mit einem grauen Bart. Sein Gewand war genau das gleiche, außer daß die Strahlen um das Herz noch länger waren.

„Wie heißen Sie?" fragte David.

„Ich bin Bruder Goldbarren", antwortete er. „Ihr bittet uns, euch bei eurer Suche nach dem See Feuergold zu helfen. Dazu sind wir da, dem weihen wir unser Leben."

„Oh, gut!" sagte David. „Das haben wir uns so lange gewünscht. Können wir uns gleich aufmachen?"

„Das ist kostbares Wissen. Was könnt ihr dafür geben?"

David leerte seine Tasche und zeigte das Geld auf seiner ausgestreckten Hand.

„Das ist alles, was wir haben", sagte er. „Ich weiß nicht, ob es viel oder wenig ist, aber mehr haben wir nicht. Bitte nehmen Sie es. Ist es genug?"

„Behalte es", sagte der Mann. „Geld können wir für dies kostbare Wissen nicht nehmen. Was habt ihr sonst noch?"

„Sonst? Gar nichts", sagte David, tief enttäuscht. „Außer unseren Kleidern. Und uns selbst. Wir wollen alles tun, was nötig ist, wir wollen so hart arbeiten, wie wir können, nicht wahr, Maria?"

„Oh ja", sagte Maria. „Sagen Sie uns nur, was wir tun sollen, und wir werden alles versuchen, es auszuführen."

„Bleibt hier", sagte der Mann. „Ich hole das Oberhaupt der Bruderschaft, damit er mit euch spricht."

„Nicht vergessen!" flüsterte David seiner Schwester zu, als er gegangen war, und beide tasteten heimlich nach ihren Medaillons und fühlten sich gleich stärker.

Nach einer kleinen Weile trat ein alter Mann mit einem langen weißen Bart herein. Er trug das gleiche Gewand, doch war das Herz auf der rechten Seite eingestickt, und die Strahlen reichten über die ganze Vorderseite.

„Wie heißen Sie?" fragte David.

Er antwortete mit greisenhafter, brüchiger Stimme: „Ich bin der Oberste Bruder der Bruderschaft der goldenen Herzen, und mein Name ist Bruder Goldrichtig."

Seine Stimme war weder freundlich noch unfreundlich, weder schwach noch stark, sie hörte sich an, als käme sie aus weiter Ferne, und sie war unpersönlich. Er sprach sehr deutlich, betonte jede Silbe, als flüstere er von einem Berggipfel zum anderen und wünsche, verstanden zu werden.

„Ihr habt gesagt, ihr seid auf der Suche nach dem See Feuergold. Ihr habt gesagt, daß ihr das mehr wünscht als alles andere. Ihr habt gesagt, daß ihr unsere Hilfe wollt und daß ihr für diese Hilfe alles geben und tun würdet. Ist das richtig?"

„Ja", sagte David.

„Ja", sagte Maria.

„Ihr habt gesagt, ihr hättet nichts zu geben als ein wenig Geld und eure Kleider. Das ist vielleicht nicht ganz zutreffend. Vielleicht besitzt ihr noch etwas anderes, Kinder, das euch gar nicht wichtig zu sein scheint, das aber für die Suche unentbehrlich ist. Ein kleines Stückchen Metall? Da es für die Suche unentbehrlich ist, werdet ihr verstehen, daß ihr, wenn ihr bei eurer Suche unsere volle Unterstützung wünscht, bereit sein müßt, es uns zu geben."

Er schwieg lange Zeit und blickte über ihre Köpfe hinweg, und alle verharrten in Schweigen. Dann sah er sie beide nacheinander an und sagte: „Wollt ihr es uns geben?"

David fühlte sein Medaillon kalt, eiskalt brennend auf seiner heißen Haut. Starr und verlegen stand er da und sagte nichts. Maria stand neben ihm. Beide schauten zu Boden und schwiegen. Das Schweigen dauerte sehr lange. Es wurde erst gebrochen, als der Mann wieder das Wort ergriff. Er sagte mit seiner zurückhaltenden Stimme: „Nun gut. Lassen wir das einmal für den Augenblick. In diesem Fall können wir euch nicht als vollwertige Mitglieder in unsere Bruderschaft aufnehmen. Aber wir können euch als Anwärter annehmen und anfangen, euch bei eurer Suche zu helfen. Später werdet ihr Fortschritte machen in eurem Verständnis und euch entschließen", er hielt einen Augenblick inne, „euch als Vollmitglieder zu bewerben. Wenn es soweit ist, ersucht darum, mich persönlich zu sehen. Inzwischen wird man euch Arbeit geben, die ihr verrichten könnt, um unseren Beistand zu verdienen."

Er wandte sich um, ohne sie direkt anzuschauen, und verließ den Raum.

Jetzt begann für sie ein neues Leben. Dreimal am Tag gab es etwas zu essen. Es schmeckte weder gut noch schlecht, und es war nicht viel, doch es war genug, daß sie nicht hungrig blieben. Sie bekamen jeder ein Bett in einem kleinen Zimmer mit steinernen Wänden, mit einer rauhen Decke zum Warmhalten, doch ohne Bettzeug. Niemand war unfreundlich zu ihnen, aber auch niemand freundlich.

Die erste Arbeit, die man ihnen gab, bestand aus Abwaschen des ganzen Geschirrs der Brüder nach jedem Essen, Schrubben des Küchenbodens und dem Ausleeren der Abfälle in eine große Grube. Sie mußten schnell und hart arbeiten, um mit allem fertig zu werden und den Abwasch nach einer Mahlzeit zu erledigen, ehe die nächste vorbereitet werden mußte.

Als sie diese Arbeit einige Zeit getan hatten, hieß man sie eines Tages, Wurzeln und Gemüse zu putzen und zu zerkleinern, um Suppe zu kochen. Sie mußten das neben ihrer anderen Arbeit tun, und man sagte ihnen, daß es schon ein großer Fortschritt sei, daß man ihnen gestatte, Nahrung zum Essen herzurichten, statt nur mit Überbleibseln und Abfällen zu tun zu haben.

Nachdem sie das lange Zeit gemacht hatten, sagte David eines Tages zu dem Bruder mit dem braunen Bart, den man Bruder Goldunze nannte: „Ich kann nicht einsehen, wie uns dies bei unserer Suche weiterbringen soll, wenn es auch für euch recht nützlich ist."

„Es nützt uns ganz und gar nichts", sagte der Bruder ziemlich scharf. „Es ist ein Vorzug für euch, und das müßt ihr einsehen. Und es ist eure Übung für die Suche. Aber tatsächlich wird man euch jetzt erlauben, etwas weit Wichtigeres zu tun. Eure Möglichkeiten werden viel größer sein. Vielleicht sollte ich es dir gar nicht sagen, aber ihr werdet dann ganz dicht am See selbst sein."

In dieser Nacht konnten sie vor Aufregung kaum schlafen. Was würde der nächste Tag bringen? Würde ihre Reise also wirklich weitergehen? Würden sie am Ende zum See selbst gelangen?

Nach dem Frühstück wies Bruder Goldunze sie an, sich nicht wieder an ihre übliche Arbeit zu begeben, sondern ihm zu folgen. Er führte sie in einen völlig anderen Teil der Gebäude, den sie noch nie gesehen hatten. Zuerst überquerten sie den großen Hof mit den Rundbögen ringsum und dem Rasen in der Mitte. Dann ging es weiter in einen zweiten, kleineren Hof und dahinter in einen noch kleineren. Auf der Rückseite dieses kleinen Hofes stand ein seltsam geformter, großer Bau. Ein Dreieck befand sich an jeder Seite des Eingangs, und viereckige Pfeiler trugen ein viereckiges Dach. Darauf sah man eine große Kuppel, die im Sonnenschein wie pures Gold glänzte. Breite Stufen aus rotem Marmor führten hinauf zum Eingang, der eine riesige Doppeltür hatte, gleichfalls glänzend wie Gold.

Bruder Goldunze brachte sie nicht diese Treppe zum Haupteingang hinauf. Er führte sie eine Reihe schmaler Stufen an der Seite des Gebäudes hinunter. Sie betraten den Keller durch eine schmale Tür. Als sie drinnen waren, blieb er stehen und sagte: „Ihr habt euch bewährt bei der anderen Arbeit, die man euch übertragen hat. Jetzt vertrauen wir euch etwas ganz Besonderes und Wichtiges an. In diesem Augenblick seid ihr wirklich ganz nahe beim See Feuergold. In dem Raum, in den ich euch gleich führen werde, befinden sich zwei große Pumpenschwengel. Jeder von euch wird einen davon übernehmen. Ihr müßt sie ständig auf und nieder pumpen, ohne einen Augenblick aufzuhören. Ihr dürft niemals aufhören, nicht einen Augenblick. Dies eben ist die Prüfung eurer Entschlossenheit und Ausdauer bei der Suche, daß ihr die ganze Zeit ohne aufzuhören weiterpumpt. Zur Essenszeit lösen euch zwei andere ab, und ihr geht und nehmt eure Mahlzeit ein, und ebenso zur Schlafenszeit. Doch solange ihr hier seid, dürft ihr niemals innehalten. Wenn ihr nur einmal aufhört, könnt ihr alle Hoffnung aufgeben!“

Damit führte er sie durch eine kleine Tür in einen dunklen Raum. Sie konnten zwei junge Leute erkennen, die zwei gewaltige Griffe auf und nieder bewegten. Er tippte ihnen auf die Schultern, und sie ließen los, als Maria und David an ihre Stelle traten.

Maria und David machten sich mit Begeisterung an die Arbeit und pumpten: auf und nieder, auf und nieder. Es gab eine Art Luftstoß, jedesmal wenn sie die großen Griffe niederdrückten, und es war wie ein kräftiges Einatmen, wenn sie sie aufwärts bewegten.

Sie taten das den ganzen Tag lang, viele, viele Tage hindurch, und gingen nur zum Essen und Schlafen weg. Der Raum war furchtbar heiß, und die Wand vor ihnen schien Hitze auszuströmen wie ein Hochofen. David spürte, wie er die ganze Zeit müder und müder wurde.

Eines Abends strömte ihm der Schweiß nur so herunter, und er war so erschöpft, daß ihm war, als wolle sein Körper in Stücke zerspringen. Verzweifelt verstärkte er seine Anstrengungen, rascher und rascher, so daß die Luft ein- und ausströmte: wuusch-wumm, wuusch-wumm, wuusch-wumm. Seine Brust war wie zugeschnürt, und sein ganzer Körper tat ihm weh wie nie zuvor. Dann plötzlich vernahm er von irgendwoher, er wußte nicht von wo, eine Stimme. Die Stimme kam ihm bekannt vor – es war nicht die eines der Ordensbrüder – und sie war ihm seltsam vertraut. Sie sprach zu jemandem, sehr ruhig und ernst: „Ich fürchte, du mußt dich darauf gefaßt machen. Ich glaube nicht, daß er noch lange durchhält. Das ist die Krise. Ich fürchte, er wird vielleicht sterben."

David versuchte zu schreien: „Ich werde nicht sterben, bestimmt nicht!" – aber er brachte kein Wort heraus. Wie rasend packte er Maria bei der Hand, und sie ließen die Griffe los. Er lief eine Treppe hinauf, die er vorher gar nicht wahrgenommen hatte. Oben war eine Tür. Er stieß sie auf – und dann blieben beide bewegungslos stehen, mit offenem Mund, ohne ein Wort.

Sie waren im Hauptteil des seltsamen Gebäudes. Hunderte von Ordensbrüdern waren da, alle in goldenen Gewändern. Der Oberste Bruder mit dem weißen Bart stand vor einer mächtigen, offenen Schale. Sie war mit Gold gefüllt, das kochte und brodelte.

Er sagte gerade: „Oh, du großer See Feuergold, nimm auf in deine Gegenwart, was dein ist."

Ein Bruder trat vor. Er trug ein Kissen aus rotem Samt. Auf dem Kissen lag ein Medaillon. Der Oberste Bruder nahm das Medaillon in die Hände und hielt es empor. Alle beugten das Haupt und seufzten, und ihr Seufzen klang wie der Wind, der durch die winterlichen Bäume fährt. Der Oberste Bruder ließ das Medaillon in das brodelnde Gold fallen.

David fühlte sein eigenes Medaillon kalt, eiskalt auf seiner brennenden Haut. Er spürte, daß er von Kopf bis Fuß zitterte, und ihm war, als müsse er gleich umfallen. Doch er trat vor und rief laut: „Das ist nicht der See Feuergold! Ihr seid Betrüger! Hier ist ein Feuer drunter, und wir haben die Blasebälge bedient. Das ist alles bloß Schwindel, und ihr habt dies Medaillon gestohlen – ihr Diebe, ihr Betrüger!"

Plötzlich war es ganz still, und aller Augen wandten sich voll Empörung ihnen zu. Der alte Mann mit dem weißen Bart drehte sich um und zeigte mit der ganzen Länge seines ausgestreckten Armes auf sie. Er sagte: „Hinaus, fort mit euch, Kinder der Niedertracht!"

Und von allen anderen kam es wie ein Echo: „Kinder der Niedertracht, Kinder der Niedertracht!"

David reckte sich auf, so hoch er konnte, und nahm Maria bei der Hand. Erhobenen Hauptes begannen sie, langsam zu gehen, und auf beiden Seiten wichen die Ordensbrüder zurück und gaben ihnen den Weg frei. Als sie an die große Doppeltür kamen, tat sie sich vor ihnen auf, und langsam schritten sie über die Schwelle, ohne sich umzublicken. Sie stiegen die roten Marmorstufen hinab, überquerten die drei Höfe und gelangten zur Eingangspforte. Zusammen zogen sie den Riegel zurück und stießen das mächtige Tor auf. Dann hatten sie die Bruderschaft der goldenen Herzen endgültig hinter sich gelassen. Sie wandten sich nach rechts und gingen weiter, den Weg hinan.

In den Vorbergen

Sie gingen ein kurzes Stück, bis der Weg an einem Bach entlangführte. Dort legten sie sich im Dunkeln hin, um auszuruhen.

David schloß die Augen. Langsam und leise sagte er: „Ich bin so müde. So müde. Ich war noch nie so müde.“

Er fühlte, wie Maria sein Gesicht mit Wasser benetzte. Sie tränkte einen Lappen in dem kühlen Wasser des Baches und rieb ihm damit über die Stirn. Sie zog ihn aus, und er fühlte, wie sie seinen ganzen Körper mit dem kühlen, feuchten Lappen abrieb. Dann spürte er, wie sie ihn mit ein paar Kleidungsstücken und einer Menge trockener Blätter zudeckte. Er fiel in einen tiefen und erholsamen Schlaf.

Als er erwachte, war es Tag, und sie war schon wach. Er drehte sich zu ihr um und sagte: „Danke, Maria. Geht es dir gut? Ich hätte mich um dich kümmern müssen, aber ... ich konnte einfach nicht.“

„Ja, es geht mir gut. Ich fühle mich besser“, sagte sie.

„Oh, ich wünsche mir“, sagte David, „oh, wie ich mir wünsche, wir könnten wirkliche Hilfe bekommen. Ich finde alles so schwierig und irgendwie verwickelt, und alle fangen es so schrecklich falsch an. Dabei bin ich sicher, es ist gar nicht so schwierig.“

Er lag einige Zeit und dachte nach. Dann plötzlich setzte er sich auf und zog seine Knie unter das Kinn. Wieder schwieg er eine Weile, und dann sagte er: „Weißt du, ich habe etwas herausgefunden.“

„Was denn?“ sagte Maria rasch, denn sie wußte schon: Immer wenn er so redete, war ihm etwas wirklich Wichtiges eingefallen.

„Also“, sagte er, „ich glaube, es war dumm von mir, daß ich nicht schon längst darauf gekommen bin. Aber mir ist plötzlich klargeworden, daß das Medaillon mich immer richtig führt, wenn ich darauf achte. Wenn es warm und angenehm auf meiner Haut ist, dann ist alles in Ordnung. Wenn es kalt ist, dann stimmt etwas nicht. Und wenn etwas ganz verkehrt und gefährlich ist, so liegt es mir wie Eis auf der Haut."

Maria blickte ihn nachdenklich an.

„Als wir in dieses Haus gingen, war es eiskalt – ich hätte niemals hineingehen sollen. Als wir mit dem Vogelmann sprachen, war es warm und angenehm, ich weiß es noch. Vielleicht haben wir unseren eigenen Führer immer bei uns! Wenn es so ist, dann brauchen wir nicht herumzulaufen und die Leute zu fragen, und dann kriegen wir auch nicht alle möglichen falschen Wege gezeigt. Wir haben es einfach nicht bemerkt."

„Wäre das nicht wunderbar?" fragte Maria. „Ich kann fast nicht glauben, daß es so einfach ist."

„Nun, von jetzt an", sagte David, „wollen wir's versuchen. Laß uns dem Medaillon vertrauen und dem folgen, was es uns sagt. Der Haken ist bloß", fügte er kleinlaut hinzu, „ich bin schon wieder hungrig. Das ist doch wirklich zu dumm!"

„Guten Morgen, Kinder!" erklang eine Stimme.

Sie drehten sich um in die Richtung, aus der die Stimme kam und sahen weiter bachaufwärts einen Mann.

„Guten Morgen!" riefen sie zurück.

David flüsterte Maria zu: „Ich fange jetzt gleich an. Mein Medaillon fühlt sich warm und angenehm an – deines auch?"

„Ja, tatsächlich", sagte Maria, „bei mir ist's genauso."

„Gut, dann ist er in Ordnung, und wir sind nicht in Gefahr."

Der Mann öffnete einen Ranzen.

„Ich bin gerade beim Frühstück", rief er. „Habt ihr Lust, es mit mir zu teilen?"

„Oh ja!" riefen beide zugleich. Sie sprangen auf und liefen auf ihn zu. Da sahen sie, daß er am Rande eines Weihers saß. Der Bach war hier aufgestaut mit Steinen und Erde, und so hatte sich das Wasser zu einem Weiher gesammmelt, ehe es in einem kleinen Wasserfall seinen Weg wieder aufnahm.

„Sieh mal", rief David plötzlich, „sieh mal, all die Fische!"

Maria schaute hin und sah, daß der Weiher voll war von ziemlich großen Fischen, die aus den schattigen Stellen hervor- und wieder zurückschnellten.

„Weiter oben sind noch mehr, wenn ihr sie sehen wollt“, sagte der Mann lächelnd.

Sie eilten hinauf und entdeckten einen zweiten Weiher, in dem ebenfalls eine Menge Fische schwammen. Doch waren sie hier viel kleiner. Sie stiegen noch weiter hinauf und fanden noch einen Weiher, und in diesem waren die Fische winzig.

„Wie wär's jetzt mit dem Frühstück! Habt ihr keinen Hunger?“ rief der Mann.

„Oh ja“, riefen sie, „wir hatten es ganz vergessen.“ Sie rutschten oder glitten an der Bachböschung entlang, bis zu der Stelle, wo der Mann an dem untersten Weiher saß. Er bot ihnen Brot und getrockneten Fisch an. Sie waren hungrig und aßen mit Genuß.

„Was machen all diese Fische hier?“ fragte David.

„Sie wachsen“, sagte der Mann.

„Gehören sie Ihnen?“ fragte Maria.

„Nein, sie gehören mir nicht. Aber ich versorge sie.“

„Wie meinen Sie das?“ fragte David.

„Zuerst schlüpfen sie aus den Eiern“, sagte der Mann, „dort in dem obersten Weiher. Wenn sie größer geworden sind, lasse ich sie durch in den nächsten Weiher. Dort bleiben sie und wachsen, bis sie reif sind für den nächsten, und so geht es weiter. Es gibt viele Weiher. Das hier ist der letzte. Von hier schwimmen sie hinaus und weiter flußabwärts. Oder ich fange sie auch und bringe sie zu einem Fluß, dem es an Fischen fehlt und der geeignet ist für sie.“

„Wie fangen Sie sie?“ fragte David.

„So“, sagte der Mann und beugte sich über das Wasser. Leise schob er seine Hand unter einen Fisch, der in der Nähe unter einem Stein stand. Der Fisch hielt ganz still, während seine Finger ihn auf der Unterseite zu streicheln schienen.

„Haben sie das gern?“ fragte Maria.

„Aber ja“, sagte der Mann, „deswegen hat er so stillgehalten, als ich ihn getätschelt habe. Wenn ich eine Menge fangen muß und nicht die Zeit habe, jeden einzeln zu tätscheln, nehme ich natürlich ein Netz, aber das stört sie nicht, wenn man behutsam ist.“

„Haben sie alle genug zu essen in diesem kleinen Weiher?“ fragte David.

„Nein“, sagte der Fischmann. „Hier in den Weihern sind sie von mir abhängig, und ich muß dafür sorgen, daß sie genügend Futter haben. Ich bringe es ihnen. Wenn sie soweit herangewachsen sind, daß sie hier wegschwimmen können, dann sind sie alt genug, ihr eigenes Futter zu suchen.“

Sie aßen weiter und saßen eine Weile schweigend beieinander. Der Sonnenschein fiel durch die Bäume, und der kleine Bach rauschte murmelnd unter ihnen. Libellen schossen hin und her, und eine Eidechse lag an einem sonnigen Plätzchen auf einem Felsstück und ließ sich bescheinen.

David blickte hinüber zu Maria, um zu sehen, ob sie fertig war, und dann sagte er zu dem Fischmann: „Haben Sie den allerbesten Dank. Das war genau, was wir brauchten. Jetzt müssen wir aber weiter. Wir sind nämlich auf einer Reise.“

Er schaute sie an und lächelte freundlich. Dann sagte er: „Jetzt ist es nicht mehr weit. Das heißt, wenn ihr daran denkt, wie ihr den Weg findet.“

„Ja“, sagte David, „ich weiß.“

Nachdenklich sah der Fischmann ihn an. Dann sagte er: „Solltet ihr Hunger bekommen, hier habt ihr etwas, das wird euch helfen.“

Er reichte den beiden ein paar schmale Streifen von sehr hartem Fisch. Sie schienen gepreßt und getrocknet zu sein und waren von dunkler Farbe und schwer für ihre Größe.

Die beiden dankten ihm herzlich, sagten Lebewohl und brachen wieder auf.

Lange Zeit ging es bergauf. Allmählich wurde der Pfad immer undeutlicher. Schließlich war er nicht mehr zu erkennen. Sie gingen in der gleichen Richtung weiter, immer bergauf und suchten, so gut sie konnten, ihren Weg um Büsche und Felsen herum. Sorgfältig achteten sie auf ihre Schritte an dem rauhen Berghang, versuchten, dem stachligen Buschwerk und den zerklüfteten Felsen auszuweichen, und so war ihre Aufmerksamkeit ganz auf den Boden unmittelbar vor ihnen gerichtet. Plötzlich blickten sie auf und sahen weiter vorn die Gestalt eines alten Mannes in einem Umhang mit Kapuze. Er ging in der gleichen Richtung wie sie. Als sie ihn eingeholt hatten, sagte er: „Wie sich das trifft! Ich bin auch unterwegs zur Höhle. Vielleicht seid ihr so freundlich und helft mir ein wenig.“

„Aber ja, gewiß“, sagte Maria, trat rasch neben ihn und nahm seinen Arm, und David ging auf die andere Seite.

„Ich bin so alt, da fällt mir das Steigen schwer“, sagte der alte Mann.

„Wir freuen uns, daß wir Ihnen helfen können“, sagte David.

„Eure Freundlichkeit soll belohnt werden, denn, seht ihr, ich weiß den Weg. Und ich kenne eine Abkürzung, wie sie einem alten Mann gestattet ist, und die auch ihr nehmen dürft, weil ihr mir helft.“

Er begann, steiler aufzusteigen, fast senkrecht, an dem abschüssigen Hang. Zwar waren seine Arme so dünn, daß sie sich wie bloße Knochen anfühlten, doch seine Schritte waren kräftig und geschwind. Bald führte er eher sie, als daß sie ihm halfen.

Plötzlich fiel David sein Medaillon ein. Er merkte, es lag kalt, eiskalt, auf seiner Haut. Er ließ den Arm des Alten los und schrie: „Maria, wir müssen weg, wir müssen weg! Laß ihn los, rasch!“

Sie wichen zurück vor dem alten Mann. Da drehte er sich um und schaute sie an. Zum ersten Mal erblickten sie sein Gesicht. Tief eingesunkene hohle Augen starrten sie an, der Mund stand offen in einem verzerrten, breiten Grinsen, und wenn es Haut auf den Knochen des Gesichtes gab, so mußte sie spinnwebedünn sein. Das Gesicht sah aus, als mache es sich über ihr Entsetzen noch lustig. Einen Augenblick standen sie da, wie angewurzelt vor Angst, blickten hinauf zu der Gestalt. Der schwarze Umhang und die Kapuze flatterten im Wind, und die tiefen Augenhöhlen starrten sie an. Dann wandten sie sich um und flohen. Hals über Kopf rannten sie den Berg hinab und um eine Felsnase herum auf einen anderen Hang, weiter, immer weiter. Schließlich, völlig außer Atem, blickten sie sich um, sahen, daß die Gestalt verschwunden war und sanken zu Boden, nach Luft ringend und zitternd.

„Wir haben es vergessen, Maria, wir haben es vergessen!“ stieß David hervor.

„Oh David, ich hatte solche Angst. Was wäre wohl mit uns geschehen, wenn dir nicht plötzlich das Medaillon eingefallen wäre? Oh, ich zittere immer noch, es hört gar nicht mehr auf!"

David atmete wieder ruhiger. „Laß uns etwas essen", sagte er. „Das wird uns bestimmt helfen."

Dann holten sie die Stücke von dem harten, trockenen Fisch hervor, die der Fischmann ihnen gegeben hatte und fingen an zu kauen.

„Gerade als ich dachte, wir wären wirklich nahe dran", sagte David betrübt. „Ich war zu selbstzufrieden. Ich dachte, ich hätte alles verstanden, nachdem ich einmal dahintergekommen war, was es mit den Medaillons auf sich hat. Und nun sitzen wir erst recht in der Tinte. Und es ist alles meine Schuld. Ich habe es vergessen."

„Mit mir war es noch schlimmer", sagte Maria. „Dir ist es noch rechtzeitig eingefallen, das hat uns gerettet, aber ich hatte es völlig vergessen."

„Diesmal sind wir verloren", sagte David. „Sogar der Pfad ist verschwunden. So hoch am Berg wird es wohl kaum noch einen geben. Doch die Medaillons werden uns den Weg zeigen. Wir müssen versuchen, irgendwie versuchen, sie nicht zu vergessen."

Sie schwiegen und kauten weiter an der sonderbaren Fischnahrung. Dann hoben plötzlich beide im selben Augenblick den Kopf und lauschten. Sie hatten einen neuen Ton vernommen, den Ton von Glocken. Sie blickten umher, und dann sahen sie auf einmal kleine, über den Berghang verteilte Flecken, die sich zwischen Felsen und Büschen umherbewegten. Sie blickten genauer hin und sahen, daß es Ziegen waren, daß sich eine ganze Herde auf sie zubewegte. Die Ziegen grasten und kamen dabei immer näher. Sie trugen Glocken um den Hals, und von jeder ging ein Glockenton aus, wenn sie den Kopf bewegte oder ein paar Schritte tat. Es war, als läute der ganze Abhang, als sei er zum Leben erwacht durch diese Glocken. Die Luft war von einem leisen, gleichmäßigen Klingeln erfüllt, einer schellenden, singenden Musik. Beide standen auf und blickten um sich. Plötzlich sahen sie, daß sich der

Kopf eines Mannes ganz in der Nähe hinter einem Felsen zeigte. Er sah sie an.

„Maria, was macht dein Medaillon?“ flüsterte David rasch und aufgeregt.

„Warm und angenehm“, sagte sie.

„Meines auch“, sagte David. „Gott sei Dank – und Gott sei Dank, daß wir daran gedacht haben!“

„Hallo!“ rief David dann.

„Hallo!“ antwortete der Mann. Dann fuhr er fort: „Ihr schaut hungrig drein, und euer Essen sieht trocken aus. Mögt ihr etwas Milch?“

„Oh ja, bitte!“ sagten beide zugleich.

Sie gingen auf ihn zu und spürten dabei, daß ihre Medaillons noch immer warm und angenehm waren.

Er trat hinter dem Felsen hervor und mit ihm ein prächtiger, schöner Hund. Der stand mit königlicher Würde neben ihm und nahm sie in Augenschein. Sein Fell war auf dem Rücken langhaarig und rabenschwarz und glänzte im Sonnenlicht. Nur die Brust und seine mächtigen Pfoten waren weiß. Zwischen dem Schwarz und Weiß war sein Rumpf rostbraun abgesetzt. Die Spitze der Schnauze war weiß, und eine weiße Linie ging davon aus und zog sich zwischen den Augen bis in das schwarze Fell seines Nackens. Er hatte einen langen, dicken, buschigen schwarzen Schwanz, dessen äußerste Spitze einen weißen Tupfer trug.

„Was für ein wunderschöner Hund!“ sagte Maria. „Wie heißt er?“

„Ihr Name ist Sangra“, sagte der Mann, und als er den Namen aussprach, blickte der Hund aufmerksam und fragend zu ihm auf.

Der Mann ließ einen eigenartigen Pfiff hören und rief einen seltsamen Namen – er klang wie Sutschi –, und eine der ganz in der Nähe grasenden Ziegen blickte hoch und kam dann gemächlich auf ihn zu.

„Komm, Sutschi, bist ein gutes Mädchen“, sagte er mit singendem Tonfall, „komm her und gib uns was ab von deinem Überfluß! Bist ein gutes Mädchen“, fuhr er fort, als sie zu ihm kam, bereit, sich melken zu lassen. Er nahm einen kleinen Eimer und fing an hineinzumelken. Unter seiner erfahrenen Hand schoß die Milch aus dem prallen Euter in den Eimer, ping-ting, ping-ting. Dann, als der Boden des Eimers bedeckt war, ging es pisch-tisch, pisch-tisch. Schließlich, als der Eimer halb gefüllt war, posch-tosch, posch-tosch, in die schäumende Milch.

Die ganze Zeit sprach er ruhig zu ihr. Als er fertig war, bedankte er sich bei ihr, kraulte ihr den Kopf, gab ihr etwas aus seiner Tasche, das sichtlich ein Leckerbissen war und schickte sie wieder auf ihre Weide.

Er goß die Milch für Maria und David in Becher und trank auch selbst ein wenig. Sie war noch warm vom Euter, kräftig und sahnig, und sie fühlten sich langsam wieder gestärkt.

„Kommt und schließt Freundschaft mit Sangra", sagte der Ziegenmann.

Die Kinder streichelten und kraulten sie, und Sangra legte ihre große Pfote auf Marias Schulter, als wollte sie das Mädchen beschützen. David lehnte seinen Kopf an die Seite der großen Hündin.

„Wenn wir jemals wieder im Gebirge den Weg verlieren", sagte David, „und wir sehen die Ziegen . . ."

„Ja, ja", sagte lächelnd der Mann, „ihr dürft euch Milch nehmen."

„Wie fängt man eine Ziege?" fragte Maria.

„Fangen kannst du sie niemals", antwortete er. „Doch wenn du sie liebevoll rufst, so kommen sie gern. Wenn du sie liebevoll behandelst, bleiben sie da. Wenn du sie liebevoll melkst, geben sie gern Milch."

„Vielen, vielen Dank", sagte David. „Und jetzt müssen wir weiter."

„Lebt wohl", sagte der Ziegenmann, „und gute Reise!"

Sie streichelten und kraulten Sangra noch einmal. Dann machten sie sich auf. Diesmal hatten sie keinen Pfad, dem sie folgen konnten. Sie hatten nur die Medaillons als Wegweiser.

Der Weg hinauf

Sie wanderten viele Stunden. Der Weg, den das Medaillon ihnen wies, führte aufwärts durch rauhes und unwegsames Gelände. Sie kamen so hoch hinauf, daß keine Bäume mehr wuchsen und sogar Büsche zunehmend seltener wurden.

Sie gingen immer noch bergauf. Im Schatten hinter den Felsen, wo die Sonne nicht hinkam, trafen sie jetzt manchmal auf Schneewehen. Es war sehr kalt. Auch fing es an, dunkel zu werden.

„Ich glaube", sagte David, „wir sollten uns nach einer geschützten Stelle für die Nacht umsehen."

Er hatte kaum ausgeredet, da sahen sie vor sich eine Höhle. Maria rief: „Gott sei Dank! Was für ein Glück, daß wir sie finden, gerade wenn wir sie brauchen!"

Sie liefen zum Eingang und schauten hinein. Die Höhle versprach Schutz vor der Kälte und der hereinbrechenden Nacht.

„Maria", sagte David, „was macht dein Medaillon?"

„Hm", sagte Maria mit unsicherer Stimme, „es ist leider kalt. Meinst du, daß das richtig ist?"

„Ja", sagte David. „Auch meines ist kalt. Da hilft nichts. Wir müssen weiter."

Mühsam schleppten sie sich weiter, mit wunden Füßen und erschöpft, hungrig und frierend ließen sie traurig den einzigen Schutz für die Nacht hinter sich, den es zu geben schien.

Es begann zu schneien. Der Wind ließ die Schneeflocken tanzen, und die Kinder senkten die Köpfe, als sie in das Gestöber kamen. Binnen kurzem war der Boden weiß vom Schnee. Er fiel so rasch, daß ihre Fußstapfen alsbald zugedeckt wurden.

Sie kamen zu einem überhängenden Felsen, der etwas Schutz gegen den Wind und den fallenden Schnee bot. Es war jetzt nahezu vollkommen dunkel.

„David", sagte Maria, „viel weiter kann ich nicht mehr. Ich muß mich ausruhen. Ich kann einfach nicht mehr. Laß uns nur ein klein wenig unter diesem Felsen ausruhen."

Sie legte sich in den Schnee und lehnte den Kopf gegen die Felswand. David hockte sich neben sie. Er wollte versuchen, sie zum Weitergehen zu überreden, doch er sah, daß ihre Augen geschlossen waren. Sie war eingeschlafen. Er brachte es nicht übers Herz, sie aufzuwecken. Er entschloß sich, sie ein paar Minuten ruhen zu lassen und sie dann zu wecken. Dann würde sie erfrischt weitergehen können.

David fühlte sich selbst müde und schläfrig. Auch er sehnte sich nach einem kurzen Schlummer. Er hatte nicht gemerkt, daß ihm die Augen zugefallen waren, als er plötzlich zu sich kam und mit einem Ruck hochfuhr. Er sah, daß die lautlos fallenden Schneeflocken Marias Körper bereits mit einer weißen Decke zugedeckt hatten. Das Medaillon fiel ihm ein – und wahrhaftig: Es war kalt, eiskalt, sogar auf seiner halberfrorenen Haut. Rasch schüttelte er sie: „Steh auf, Maria, steh auf!"

Sie regte sich nicht.

„Maria! Maria!" schrie er. „Steh auf! Wir müssen weiter. Wir können hier nicht bleiben."

Ihre Augen blieben geschlossen, doch sie murmelte: „Laß mich ausruhen. Es ist so weich. Ich schlafe so schön. Weck mich nicht auf."

„Maria!" schrie er wieder. „Steh auf!" Er legte seine Arme um sie und versuchte, sie hochzuziehen.

Sie öffnete ein wenig die Augen, und er sagte eindringlich, ihr gerade ins Gesicht: „Das Medaillon zeigt an, daß es hier nicht richtig ist. Es droht Gefahr. Wir müssen auf der Stelle weiter."

„Medaillons ..." murmelte sie. „Ich möchte nur schlafen ... schlafen ...", und die Augen fielen ihr wieder zu.

David wußte nicht was tun. Ganz außer sich sah er sich um, sehnte Hilfe herbei. Aber da waren nur Dunkelheit und Schweigen und der leise fallende Schnee. Er legte seine Hände auf sein Medaillon mit einem Gefühl verzweifelter Sehnsucht und Hilflosigkeit.

Plötzlich bemerkte er, daß Maria seltsam atmete. Ihr Atem ging unregelmäßig und kam in keuchenden Stößen, und es sah aus, als kämpfe sie.

„Maria", sagte er mit starker Stimme, fest und sehr laut, „Maria, du stehst jetzt auf! Du wirst gehen, und ich helfe dir – wir gehen zusammen."

Eben wollte er noch einmal versuchen, sie hochzuziehen und auf die Füße zu stellen, da tauchte plötzlich aus der Dunkelheit die große schwarze Hündin Sangra auf. Sie lief geradewegs zu Maria, als wüßte sie genau, was sie tat. Rasch kratzte sie den Schnee fort, dann stellte sie sich über Maria und leckte ihr das ganze Gesicht, dann die Ohren und Hände, dann wiederum das Gesicht. Sie machte weiter, leckte immer wieder ihr Gesicht, und die warme, massierende Zunge und der heiße Atem brachten das Blut des Kindes wieder in Bewegung.

Maria schlug die Augen auf. Sie gab sich Mühe aufzustehen, und David half ihr schnell. Er schlang seinen Arm um ihre Hüfte und legte ihren Arm um seine Schulter. Zusammen setzten sie sich langsam in Bewegung. Sangra bellte und lief voraus, dann drehte sie sich um und schaute, ob sie ihr auch folgten. Das tat sie immer wieder. Deutlich zeigte sie ihnen den genauen Weg, den sie zu gehen hatten, und vergewisserte sich, daß sie ihn auch nahmen.

Nach einer kurzen Strecke hatte Sangra sie zum Eingang einer Höhle geführt. David tastete schnell nach seinem Medaillon und fühlte, daß es warm war, und voller Erleichterung stolperte er unter das schützende Felsdach.

„Maria", stieß er hervor, „es ist alles gut. Hier ist eine Höhle, eine Höhle für uns. Bald kannst du schlafen. Nur noch ein paar Schritte!"

Er tastete sich an der Wand der Höhle entlang, und sie kamen in einen gewundenen Durchgang. Vor sich an der Wand bemerkte er einen flackernden Lichtschein. Dort stand Sangra und wartete auf sie. Dann bogen sie um die Ecke und kamen in eine riesige Höhle, in deren Mitte ein großes Feuer brannte. Neben dem Feuer stand der Ziegenmann, und ringsumher am Boden lagen die Hunderte und Aberhunderte Ziegen seiner Herde.

„Kommt und wärmt euch!" rief der Ziegenmann. Rasch kam er zu ihnen herüber, hob Maria auf seine Arme und trug sie zum

Feuer. Sanft legte er sie nieder und begann, ihr die Hände, Füße und Ohren zu reiben. Er zog ihr das Kleid aus und hängte es zum Trocknen ans Feuer. Er wickelte sie in weiches Ziegenfell und glitt mit den Fingern durch ihr durchnäßtes Haar, damit es so schneller in der Wärme trockne. Dann schöpfte er warme Milch aus einem Topf neben dem Feuer und gab sie ihr, immer nur einen Löffel voll in den Mundwinkel, und wiegte ihren Kopf in seinen Armen.

Inzwischen hatte auch David seine Kleider ausgezogen und rieb sich mit einem Tuch trocken, das ihm der Ziegenmann gegeben hatte.

„Geht es ihr besser?“ fragte er mit halblauter Stimme. „Wird sie wieder in Ordnung kommen?“

„Ja“, sagte der Mann. „Sie kommt wieder zu sich. Das Schlimmste ist vorüber, mach dir keine Sorgen.“

Allmählich erwachte Maria wieder zum Leben. Sie saß gegen Ziegenfelle gelehnt und starrte ins Feuer. Ihre Augen waren sehr groß und sehr blau, und ihr Haar sah aus wie gesponnenes Gold.

„David“, sagte sie leise, so leise, daß er sich nahe zu ihr hinüberbeugen mußte, um zu verstehen, was sie sagte. „David, es war so seltsam. Als ich mich in den Schnee gelegt hatte, da wurde ich so müde – ich wollte nur in Ruhe gelassen werden und einschlafen. Es war mir einerlei, was geschah. Und ich glitt irgendwie in eine wunderschöne, schwebende weiße Welt aus Schnee. Ich brauchte mich nicht mehr anzustrengen, und nichts war mehr wichtig. Dann sah ich plötzlich den alten Mann, dem wir begegnet sind. Sein Rücken war mir zugekehrt, aber sein schwarzer Umhang und die Kapuze waren deutlich zu erkennen, und ich wußte, wer es war. Und plötzlich bekam ich Angst, er würde sich umdrehen und mich anschauen. Ich dachte, wenn er mich anschauen würde, wäre ich verloren – er würde mich packen und mitnehmen, und ich rang nach Atem und war voller Angst. Und plötzlich hörte ich eine Stimme. Weißt du, wessen Stimme es war? Es war die von Papa! Und ich hörte deutlich, wie er sagte: Bitte, laß sie nicht sterben. Bitte, laß sie leben. Und ich versuchte, zurückzurufen: Ich werde leben, ich werde leben! Aber ich brachte kein Wort heraus. Ich konnte keinen Ton hervorbringen. Ich konnte mich nicht bemerkbar machen. Dann hörte ich, wie du mich anschriest, ich solle aufstehen, und ich versuchte es, konnte aber nicht. Und dann war mir, als lecke Sangra warmes Leben in mich hinein, und plötzlich war ich wieder da. Und ich hatte die Kraft aufzustehen. Es war alles so seltsam."

Geistesabwesend starrte sie ins Feuer. Ohne die Augen zu bewegen, fuhr sie fort: „Nie zuvor habe ich mich so gefühlt. So seltsam. Aber jetzt fühle ich mich wieder ganz ruhig und still, und alles ist wieder gut."

Sie wandte sich David zu: „Und ich danke dir, David. Ich danke dir."

Friedlich lächelnd lag sie jetzt da, und der Flammenschein spielte über ihr Gesicht. Sangra kam herbei und legte sich neben sie, und Maria streichelte ihren Kopf. Immer wenn sie aufhörte mit Streicheln, stieß Sangra sie mit der Nase an, damit sie weitermache.

„Nun", sagte der Ziegenmann, „ich glaube, Maria ist kräftig genug, etwas zu essen. Möchtet ihr beide etwas zu essen haben?"

„Ja, bitte!" sagten beide zugleich.

„Maria", sagte er, „ich glaube, das Beste für dich wäre etwas warme Milch. Ich werde Brot hineinbrocken. Und dazu ein paar Kräuter, die hier oben in den Bergen wachsen, die verbessern den Geschmack und werden dir helfen, stärker zu werden. Wir könnten noch etwas Gebirgshonig hineintun, was meinst du?"

Lächelnd nahm Maria die Schüssel und kostete.

„Oh, es schmeckt wunderbar", sagte sie.

„David wird vermutlich etwas Kräftigeres haben wollen", sagte er. „Komm David, wir wollen die Mahlzeit miteinander teilen."

Über dem Feuer hing ein Kochtopf, den nahm er jetzt herunter. Er stellte ihn auf ein paar glühende Holzkohlen zwischen David und sich.

„Was ist das?" fragte David.

„Geschmolzener Ziegenkäse mit besonderen Kräutern darin", sagte er. „Schau mir zu, wie man es ißt, und mach's genauso."

Er brach Brot in dicke Stücke und steckte eines davon fest auf eine Gabel. Dann tauchte er es in den heißen, brodelnden Käse, hob es tropfend heraus, drehte die Gabel geschwind, daß die Fäden von heißem Käse sich um das Brot wickelten, wartete einen Augenblick, damit es sich abkühlte, und steckte dann das Ganze in den Mund. David machte es ihm nach, vorsichtig, und ohne das Brot fallen zu lassen oder zu kleckern.

„Gut machst du das", sagte der Ziegenmann. „Iß, soviel du willst."

David schmeckte es einfach wundervoll, und er aß und aß. Es schien, als könne er gar nicht genug davon bekommen. Doch ganz plötzlich stellte er fest, daß er satt war, und er hätte keinen Bissen mehr essen können.

Maria hatte eine zweite Schüssel Milch mit Brot, Honig und Kräutern gegessen und begann, sich wieder mehr wie sie selbst zu fühlen.

„Was für ein wunderbares Essen, vielen Dank", sagte David.

„Ich danke dir. Du hast uns gerettet", sagte Maria.

„Ja", sagte David, „danke."

„Ist Sangra als Rettungshund ausgebildet?" fragte Maria.

„Ja", sagte der Ziegenmann, „das ist ein Teil von dem, was sie kann: Menschen retten, die von der Kälte überwältigt oder unter Lawinen begraben worden sind oder sich im Schnee verirrt haben oder sonstwie in den Bergen in Not geraten sind. Und sie hilft mir, auf die Herde aufzupassen und sie vor Gefahr zu schützen."

„Bist du oft in dieser Höhle?" fragte David.

„Nein", sagte der Mann, „doch bringe ich zuweilen die Herde hier herein, wenn es eine rauhe Nacht ist oder wenn wir gerade an diesen Hängen sind und Zicklein geboren werden. Oder wenn es sonst eine besondere Notlage gibt."

Dann saßen sie, schwiegen und blickten in die flackernden Flammen des Feuers. Ein wilder Gedanke schoß David durch den Kopf: Sollte dies etwa die Höhle im Berg sein? Gern hätte er den

Ziegenmann danach gefragt. Schon lag ihm die Frage auf der Zunge, doch dann merkte er, daß er ja selbst genau wußte, daß sie es nicht war. Wäre sie es gewesen, so hätte alles irgendwie anders sein müssen. Darum hatte es keinen Sinn zu fragen.

Als hätte er laut gesprochen und nicht nur für sich gedacht, sagte in diesem Augenblick der Ziegenmann: „Nein, dies ist nichts weiter als irgendeine Höhle im Berg. Ihr habt noch eine ganze Strecke vor euch. Ruht euch hier aus. Ich werde mit der Herde eher fortgehen als ihr, doch beunruhigt euch nicht, wenn wir aufbrechen. Ihr müßt euch ausruhen. Ich lasse euch etwas zu essen da. Und nun werde ich euch ein bequemes Lager machen für einen guten Schlaf."

Es gab natürliche Nischen in den Felswänden, die fast schon wie fertige Betten waren, und er machte eine davon für Maria und David zurecht. Er breitete Ziegenfelle aus als Unterlage, und als sie sich hingelegt hatten, breitete er noch mehr weiche Felle über ihnen aus. Aufgerollte Felle dienten als Kopfkissen.

Die beiden Kinder schmiegten sich behaglich in die Ziegenfelle auf ihrem natürlichen Felsenbett und blickten ins Feuer. Die Ziegen lagen überall verstreut auf dem Boden der riesigen Höhle. Zuweilen huschte der Feuerschein über ihre Augen. Dann war es, als zuckten zwei Blitze feurigen Lichtes in der dunklen Höhle. Zuweilen schüttelte eine den Kopf oder stand auf und reckte sich. Dann hörte man das Echo des leisen Geläuts ihrer Glocke vom Gewölbe der Decke widerhallen. Der Rauch des Feuers zog langsam nach oben und verschwand in den Schatten.

Der Ziegenmann saß ruhig am Feuer, Sangra lag ihm zur Seite. Von Zeit zu Zeit blickte er hinüber zu den Kindern, um sich zu vergewissern, daß sie friedlich schliefen.

Der Weg hinab

Als sie erwachten, war die Höhle leer. Dunkel erinnerten sie sich, im Schlaf ein vielstimmiges Geläut von Glocken gehört zu haben, aber es hatte sie nicht richtig aufgeweckt.

Das Feuer war erloschen, und es war dunkel und kalt in der Höhle. Nur ein schwaches Licht sickerte durch eine Öffnung oben im Felsgestein.

Rasch erhoben sie sich und gingen durch denselben Gang hinaus, durch den sie hereingekommen waren. Als sie um die Ecke bogen und ans Tageslicht kamen, mußten sie stehenbleiben und die Augen schließen, so grell war das Licht. Als sie sich wieder umsehen konnten, freuten sie sich über den herrlichen Sonnentag, und überall lag frischer, unberührter Schnee. Der Sonnenschein auf dem Schnee blendete sie so sehr, daß sie ihre Augen mit den Händen abschirmen mußten.

„Noch nie habe ich etwas so Schönes gesehen!“ sagte Maria.

„Schau“, sagte David, „es ist gerade, als wären überall auf dem Schnee Diamanten verstreut! Sieh nur“, rief er, „wenn man sich bewegt, dann glitzert und funkelt es!“

Maria tanzte umher und sagte: „Es ist genau, als wären tausend kleine Edelsteine in den Schnee gesetzt, in lauter verschiedenen Farben!“

„Wie anders ist es jetzt als bei unserer Ankunft hier“, sagte David. „Kein Windhauch, und die Sonne ist so stark, daß es trotz all dem Schnee ganz heiß ist.“

„Heh, was ist das?“ rief Maria plötzlich und blickte auf eine nahegelegene Felsnische. David lief hin und holte eine Kanne mit Milch, etwas Käse und hartes Brot heraus.

„Hurra!“ sagte Maria. „Ich habe Hunger. Glaubst du, es ist für uns?“

„Oh ja“, sagte David, „der Ziegenmann hat doch gesagt, er würde uns etwas hierlassen.“

Sie ließen sich auf einem Felsen am Eingang der Höhle nieder und verzehrten das Essen. Käse und Brot waren hart, und ihre

Backenmuskeln taten weh vom Kauen, doch sie waren hungrig, und es schmeckte ihnen köstlich. Als sie fertig waren, sagte Maria: „Jetzt sollten wir uns wohl lieber auf den Weg machen. Ich frage mich, in welcher Richtung wir gehen sollen?"

„Laß uns hinausgehen und es mit den Medaillons herausfinden", antwortete David.

Das taten sie, und es war klar, daß sie in derselben Richtung weitergehen sollten, der sie gefolgt waren, ehe sie Sangra zu dieser Höhle geführt hatte. Sie machten sich auf und achteten darauf, nicht zu tief in den Schnee zu geraten. Der Weg vor ihnen war nur weißer Schnee, leuchtend und rein und blitzend. Doch bald fanden sie heraus, daß es einen festgetretenen, harten Pfad gab, der nur leicht mit frischgefallenem Schnee bedeckt war. Solange sie sich an diesen Pfad hielten, war das Weiterkommen leicht. Verließen sie ihn aber, so war der Schnee sofort weich und tief. Als sie zum erstenmal fehlgingen und vom Weg abkamen, fanden sie sich sofort bis zu den Hüften im tiefen, weichen Schnee watend. Sie merkten, wie genau sie aufpassen mußten.

Lange Zeit wanderten sie weiter. Sie waren fröhlich und munter in der frischen Luft und im hellen Sonnenschein. Sie merkten, daß der Pfad allmählich bergab führte. Ein paar einzelne Bäume tauchten auf, und ihre Zahl nahm zu, bis sie schließlich in einem Wald wanderten. Die Äste der Bäume waren mit Schnee beladen, und dessen Weiß leuchtete noch weißer auf den schwarzgrünen Tannen. Der Weg führte steil im Zickzack unter den hohen Tannenbäumen den Berg hinab. Im Wald herrschte völliges Schweigen. Manchmal blieben sie stehen, nur um diesem Schweigen zu lauschen. Es war, als seien sie die einzigen lebenden Wesen. Doch sie wußten, daß es nicht so war, denn häufig erblickten sie im Schnee die Spuren verschiedener Geschöpfe – waren es Rehe, Eichhörnchen oder gar Füchse? Es war seltsam zu wissen, daß der Wald so bevölkert war, ohne daß sie ein Lebewesen sahen oder hörten.

Die Sonne schien durch die Tannenzweige und zeichnete auf dem Schnee Muster aus glänzendem Weiß und dunklen Schatten. Am Grund einer Schlucht stieß der Pfad auf einen Gebirgsbach und folgte ihm den Berg hinab. Der Bach war zugefroren, aber sie konnten seine Umrisse, seine Gestalt und die Felsen auf seinem Weg erkennen. An abschüssigen Stellen war das Wasser zu großen Eiszapfen gefroren, die aussahen wie die Pfeifen einer mächtigen Orgel. Sie konnten das widerhallende Brausen des Wassers hören, das unter Eis und Schnee zu Tal stürzte.

Während sie ständig bergab gingen, lag der Schnee allmählich weniger hoch, und die Luft war wärmer. Es tropfte von den Bäumen, wenn der Schnee auf ihren Zweigen schmolz. Bald gab es auf dem Pfad nur noch ein wenig Schneematsch, und der Boden schien durch. Es war nicht mehr glatt, und plötzlich sagte David: „Los, Maria, ich will mit dir um die Wette laufen! Wer zuerst dort hinten bei dem Baumstumpf ist, hat gewonnen. Ich gebe das Startzeichen – Achtung, fertig, los!"

Die beiden rannten los, so schnell sie konnten. Schulter an Schulter erreichten sie beide den Baumstumpf und fielen auf ihm nieder, keuchend und lachend.

„Ich fühle mich so glücklich", sagte Maria. „Ich fühle mich so froh und wunderbar!"

„Ich auch", sagte David. „Laß uns den Pfad hinunterhüpfen!"

Da sprangen sie auf, und es ging los, hüpfend und tanzend den Pfad hinab. Sie schrien laut aus reinem Vergnügen. Sie sangen alle Lieder, die ihnen einfielen, ob sie die Texte kannten oder nicht.

Der Schnee war jetzt völlig verschwunden, und die Luft war weich. Plötzlich sahen sie sich am Rande des Waldes, der hier unerwartet endete. Sie blieben unter der letzten hohen, dunklen Tanne stehen und schauten hinaus auf die vor ihnen ausgebreiteten Auen.

Grüne Felder senkten sich sanft hinab bis zu einem kleinen, fast kreisrunden See. Das Wasser des Sees schimmerte so blau, daß sie ihren Augen nicht trauten. Es war ein lebhaftes, glänzendes Blau, wie sie es noch nie bei Wasser gesehen hatten. Die grünen Wiesen ringsum verstärkten noch den Gegensatz. Und hinter den Wiesen, rundherum, kam der Kreis des dunkelgrünen Waldes, der die beiden leuchtenden Farben aufscheinen ließ, als stecke eine besondere Absicht dahinter. Der See glich so einem riesigen, in grüne Jade eingebetteten Türkis, und das Schmuckstück lag wie in einem Futteral aus dunkelgrünem Samt.

Auf der anderen Seite des Sees stieg das Land zu einer felsigen Erhebung an, hinter der sich ein zweiter Berggipfel in den Wolken verlor.

Als sie näher an den See kamen, sahen sie einen kleinen Landungssteg. Sie rannten ohne anzuhalten auf ihn hinaus und sahen ein kleines Ruderboot am Ende des Steges. Bei seinem Anblick jauchzten beide laut auf vor Freude.

Ein Mann in einem Seemannspullover saß auf der Kante des Steges, und im Vorüberlaufen rief Maria ihm zu: „Dürfen wir rudern?"

„Ja, gewiß", sagte er.

„Danke!" riefen beide, ohne stehenzubleiben. Sie rannten weiter und purzelten in das Boot. Da lagen sie, lachend und außer Atem.

Der Mann im Seemannspullover kam mit langsamen, schweren Schritten auf sie zu. Er war groß und dick. Sein Gesicht war gerötet und sein Haar grau. Er hatte borstige Augenbrauen und einen ziemlich schmalen Mund mit herabgezogenen Mundwinkeln. Er beugte sich nieder, und während sie zusahen, löste er das Tau, mit dem der Bug festgemacht war und dann das andere, mit dem das Heck vertäut war. Sofort bewegte sich das Boot vom Steg weg.

Maria und David rappelten sich atemlos hoch – ihnen dämmerte etwas Schreckliches.

„Heh!" schrie David. „Wir wollen nicht weg! Helfen Sie uns zurück!" Denn das Medaillon lag ihm kalt auf der Haut.

„Zu spät!" rief der Bootsverleiher über das Wasser.

„Na schön, dann springen wir hinein und schwimmen", rief David.

„Das würde ich lieber nicht tun!" rief der Mann. „Die Strömung ist zu stark. Ihr könnt das Ufer nicht erreichen, und vielleicht seid ihr nicht imstande, wieder zum Boot zu gelangen."

David entdeckte ein paar Ruder, steckte sie in die Dollen und sagte: „Rasch, Maria. Wir nehmen jeder ein Ruder und rudern auf den Steg zu, so fest wir können. Los! Jetzt zusammen: Eins, zwei, eins, zwei ..."

Sie ruderten, so kräftig sie konnten, doch sie kamen dem Steg nicht näher. Ja, es sah aus, als entfernten sie sich davon. Nach einer Weile hielten sie inne, und der Bootsverleiher rief hinüber: „Ihr könnt nicht hierher zurück. Ihr müßt weiterfahren."

„Warum haben Sie uns denn in das Boot gelassen?" rief Maria entrüstet.

„Ihr wolltet doch! Oder etwa nicht? Warum macht ihr mir Vorwürfe?" schrie der Mann.

„Aber wir wußten nicht, daß wir nicht mehr zurückkönnen", rief Maria. „Sie hätten uns warnen müssen."

„Ihr hattet es doch viel zu eilig, um das rauszukriegen, stimmt es nicht? Warum macht ihr mir Vorwürfe?"

Sie trieben weiter und weiter vom Bootssteg weg, und Maria mußte schreien, um sich über das Wasser verständlich zu machen.

„Hör auf zu schreien, Maria", sagte David. „Es hat keinen Zweck. Es ist auf jeden Fall unser Fehler. Und wir hätten ihn vermeiden können, nicht wahr?"

„Ja", sagte Maria leise.

„Weil ...?" fragte David.

„Weil", sagte Maria, „das Medaillon uns gewarnt hat. Aber wir haben nicht darauf geachtet."

„Genau", sagte David, „unsere eigene Schuld."

„Wir waren so glücklich", sagte Maria, „wir waren zu glücklich, um achtzugeben."

„Wir hätten genauso glücklich sein und trotzdem daran denken können. Das Unglück ist, daß wir es vergessen haben. Wir haben einfach vergessen, daran zu denken. Ich hätte nicht gedacht, daß uns das noch einmal passieren könnte."

„Es ging alles so schnell", sagte Maria.

„Ja", sagte David zweifelnd. „Außer daß ...", und er dachte einen Augenblick schweigend nach. Dann fuhr er fort: „Außer daß ich glaube, wir hatten es heute den ganzen Tag vergessen. Oder wenigstens fast. Nur als es uns dann erwischt hat, ging es schnell. Heute hätte es uns jederzeit erwischen können. Oder wenigstens jederzeit nach dem schwierigen Teil im Schnee."

„Ich weiß genau, als es schwierig war, haben wir immer daran gedacht", sagte Maria. „Ich glaube, wir haben es erst vergessen, als es leichter wurde."

„Es kommt mir seltsam vor", sagte David, „aber es scheint, als wäre es leichter, wenn es schwierig ist, und schwieriger, wenn es leicht ist."

„Jetzt redest du schon wie der Vogelmann! Das hätte ich von dir nie gedacht!"

„Aber es hat doch Sinn, nicht wahr?" fragte David und war selbst ganz überrascht.

„Schon möglich", sagte Maria widerwillig. „Aber ich kann es nicht leiden, wenn die Dinge auf dem Kopf stehen oder man vorne und hinten nicht unterscheiden kann. Ich mag es, wenn die Verhältnisse einfach, gerade und klar sind."

David sah sich um. Sie waren jetzt weit weg von dem Landungssteg, draußen in der Mitte des Sees. Rings um sie herum war leuchtend blaues Wasser.

„Wir sitzen wieder in der Tinte", sagte Maria. „Was in aller Welt machen wir jetzt?"

David saß da, überlegte und gab keine Antwort.

Der Weg hinein

David blickte in die Runde, dann überlegte er wieder und saß still. Endlich sagte er: „Ich versuche herauszukriegen, wieso wir uns gerade hier befinden, wo wir sind. Ich glaube, der Bach, an dem wir entlanggegangen sind, muß irgendwo in der Nähe des Steges in den See münden oder vielleicht direkt darunter, und das ist die Strömung, die das Boot hinausgetrieben hat."

„Nun ja", sagte Maria ratlos. „Und wenn es so ist, was dann?"

„Wenn der Bach in den See hineinfließt, so muß er auch irgendwo wieder hinausfließen. Wenn wir die Stelle finden können, so wissen wir vielleicht, wo unser Weg weiterführt."

„Was sollen wir also deiner Meinung nach tun?"

„Nun", sagte David, „ich meine, wir sollten zur anderen Seite rudern – dem felsigen Stück dort drüben – und dann sehen, ob wir einen Weg nach draußen finden. Aber wir müssen uns auf die Medaillons verlassen. Also, fangen wir an zu rudern und sehen dann weiter."

Das taten sie, und beide Medaillons fühlten sich warm und angenehm an. Nach einer Weile hielten sie inne und drehten sich um, um zu sehen, wohin sie fuhren.

„Es scheint keine Durchfahrt zu geben", sagte Maria, als sie auf ihren Rudern ausruhten und zum Ufer des Sees hinüberspähten.

„Nein", sagte David, „ich kann auch keine erkennen. Aber wir müssen weitermachen und sehen, was die Medaillons sagen. Wer weiß, vielleicht sollen wir irgendwo am Ufer aussteigen."

Sie ruderten weiter. Als sie sich dem felsigen Ufer näherten, türmten sich über ihnen die steilen Klippen auf. Die Sonne wurde jetzt vom Berg verdeckt, und sie schauerten, als sie in dem unangenehm kalten Schatten ruderten. David fing an, sich beklommen zu fühlen. Immer wieder wollte er sich umdrehen und sehen, wohin sie fuhren, aber das ging nicht, wenn er richtig rudern wollte. Sein Unbehagen wuchs, und plötzlich spürte er, daß sein Medaillon kalt wurde. Rasch sagte er: „Maria, halt einen Augenblick. Ich glaube, wir sollten sehen, wohin wir fahren. Wir wollen uns umdrehen und die Ruder drücken, statt sie zu ziehen. Weißt du, so wie wir es einmal in den Ferien bei einem Fischer gesehen haben".

Sie versuchten es. Zuerst waren sie ungeschickt, doch bald ging es ganz gut. Sie standen nebeneinander und lehnten sich nach vorn gegen die Ruder, mit dem Gesicht in Fahrtrichtung.

Sie kamen dem Ufer näher und näher. Plötzlich sahen sie, daß es links hinter einer Landzunge tatsächlich in den Felsen eine Öffnung gab. Da war eine Durchfahrt zwischen hohen Felsen zu beiden Seiten. Man konnte sie nicht sehen, bis man fast davor war. Als sie an die Stelle kamen, wo sie eine scharfe Linkswendung fahren mußten, um in den engen Kanal zu gelangen, spürten sie, wie das Boot plötzlich von einer starken Strömung ergriffen wurde. Das Wasser mußte tief sein, denn es gab nicht die kleinste Welle, obwohl die Strömung zusehends stärker wurde.

Sie waren in einer engen Schlucht, mit jähen, hohen Felsen zu beiden Seiten. Ihr Boot trieb mit hoher Geschwindigkeit dahin, ohne daß sie überhaupt ruderten. Sie standen gespannt und hielten die Ruder in der Schwebe, um sie jederzeit zum Steuern benutzen zu können. Manchmal drehten sie das Boot durch Ziehen oder Drücken der Ruder in diese oder jene Richtung. Ab und zu ruderten sie für kurze Zeit sehr kräftig, um eine Möglichkeit zum Steuern zu gewinnen. Doch meist schien die Strömung das Boot um die Biegungen zu treiben und es von den Seitenwänden wegzuhalten.

Eine Zeitlang kamen Wendungen und Kehren. Dann wurden die Wände weniger steil und weiteten sich zu einem Tal aus. Der Fluß wurde breiter, die Strömung schwächer. Sie reckten den Hals, um zu sehen, was vor ihnen lag, und als sie um eine sanfte Biegung des immer breiter werdenden Flusses kamen, sahen sie, daß weiter vorn der Strom sich in zwei Arme zu teilen schien. Oder vielleicht hatte sich in der Mitte des Stromes auch eine Insel gebildet. Es war schwierig, das deutlich zu erkennen, doch in der Mitte wuchsen Binsen und Schilf und niedriges Gebüsch, und weiter vorn schien daraus festes Land zu werden.

„Schnell“, sagte David. „Wir müssen uns entscheiden, welche Seite wir nehmen.“

„Es könnte eine Insel in der Mitte sein, und die beiden Arme kommen später wieder zusammen“, sagte Maria.

„Ja, kann sein“, sagte David, „aber die Gefahr können wir nicht eingehen. Es könnten auch zwei Flüsse werden, die in ganz verschiedene Richtungen fließen.“

Sie blickten angestrengt nach vorn, um zu sehen, was geschehen würde. Inzwischen näherten sie sich bereits der ersten Binsengruppe in der Mitte des Stromes.

„Sieh nur“, sagte Maria, „der rechte Fluß sieht gefährlich aus. Sind das nicht Stromschnellen da vorn? Der linke sieht glatt aus, und die Strömung ist langsam.“

„Gut“, sagte David, „wir müssen es eben einfach mit den Medaillons versuchen. Laß uns sachte nach links halten und sehen, was für eine Antwort wir darauf bekommen.“

Sie brachten das Boot vorsichtig hinüber auf die linke Seite.

„Meines ist kalt und rät mir ab“, sagte David.

„Meines auch“, sagte Maria.

Sie ruderten das Boot hinüber zum rechten Flußarm, und sogleich rief David: „Der ist es! Mein Medaillon zeigt es ganz deutlich.“

„Meines auch“, sagte Maria zögernd. Unwillkürlich fügte sie gleich hinzu: „Oh je!“, als sie nach vorn blickte und die Stromschnellen sah, die sie durchfahren mußten.

Sie lehnten sich gegen die eingetauchten Ruder und brachten das Boot langsam und vorsichtig in die Mitte des rechten Flußarmes. Röhricht und Buschwerk zwischen den Flüssen waren jetzt festem Land gewichen, und es wäre nicht mehr möglich gewesen, vom einen zum anderen zu wechseln.

Sie wurden jetzt mitgerissen, dem aufgewühlten Wasser zu, das sie von fern gesehen hatten, und plötzlich war das Boot inmitten der weißen, quirlenden Stromschnellen. Es wurde hin und her geworfen, und sie drückten sich aneinander, um zusätzlichen Halt zu gewinnen, und gelegentlich nahmen sie die Ruder zum Steuern.

Das Boot wurde herumgeworfen wie ein Korken, die Gischt schien es anzuzischen und die Wirbel an ihm zu zerren, als wollten sie es samt ihnen auf den Grund ziehen. Maria dachte an das ruhig dahinfließende Wasser des anderen Flußarmes und wünschte, sie hätten dort fahren dürfen.

Doch die Stromschnellen waren bald vorbei. Hinter einer weiteren Biegung merkten sie, daß die Oberfläche plötzlich wieder ruhiger und die Strömung weniger reißend wurde. Die Spannung fiel von ihnen ab. In diesem Augenblick schaute David nach links hinüber, und plötzlich packte er Maria beim Arm und rief: „Sieh nur, sieh!"

Der Anblick ließ Marias Atem stocken, und kalte Schauer liefen ihr den Rücken hinunter. Nicht weit entfernt konnten sie den anderen Fluß sehen, mit glatter, ruhiger Oberfläche – bis er plötzlich in einem gewaltigen Wasserfall an die hundert Meter tief einen felsigen Abhang hinabstürzte.

„Oh, David!" rief Maria, „stell dir vor, wir hätten den Weg genommen! Wir wären in tausend Stücke zerschmettert worden."

„Und wir hätten nichts tun können", sagte David. „Er bleibt ruhig bis an die Kante, man merkt ihm vorher überhaupt nichts an."

„Wenn man bedenkt", sagte Maria, „daß ich beinahe dem Medaillon entgegen handeln wollte. Ich sehnte mich so sehr nach dem stillen Wasser und hatte solche Angst vor den Stromschnellen."

Sie sahen sich um. Sie waren an den äußeren Rand eines ganz kleinen Sees getrieben worden. Es war kaum mehr als ein großer Teich, umsäumt von hohen Felsen, außer dort, wo die Stromschnellen hineinführten.

„Das ist seltsam", sagte David. „Diesmal sehe ich, daß es wirklich keinen Weg hinaus gibt."

Langsam ruderten sie einmal herum, an den felsigen Ufern entlang. Kein Kanal, der hinausgeführt hätte. Es war unmöglich zurückzurudern, die Stromschnellen hinauf. Und sie konnten nirgendwo an Land gehen.

Sie hielten in der Mitte des kleinen Sees, der in den Felsen lag wie eine Träne im Augenwinkel.

„Ich bin so müde“, sagte Maria.

„Ich auch“, sagte David.

„Ich glaube, ich kann nicht immerfort so weitermachen. Es wird mir zuviel. Ich bin einfach zu müde“, stöhnte Maria.

„Ich habe so genug von mir“, sagte David. „Ich mache alles so schlecht. Alles läuft verkehrt. Sogar mit dem Medaillon. Selbst wenn ich wirklich weiß, wir müssen uns daran halten, und nur daran, vergesse ich es doch immer wieder. Ich vergesse es. Werde ich nie rechtzeitig daran denken? Wie kann ich lernen, daran zu denken? Wie kann ich das wirklich verstehen lernen? Ich sehne mich so nach Hilfe. Aber ich weiß, ich verdiene sie nicht einmal, denn wenn ich sie bekomme, mache ich keinen Gebrauch davon. Ich tauge zu gar nichts. Ich fühle mich hoffnungslos.“

„Oh, David!“ rief Maria bekümmert. „Sag doch nicht so etwas! Du bist großartig. Ich bin die Hoffnungslose, die zu nichts taugt, ich vergesse immerzu und möchte den leichten Weg gehen, und wenn du nicht wärst, so wäre es längst aus mit mir, ich wäre verloren. David, du darfst nicht verzweifeln. Denke daran: Immer wenn wir wirklich Hilfe brauchten, ist sie auch gekommen.“

Schweigend saßen sie Seite an Seite auf der Ruderbank des kleinen Bootes und lehnten sich aneinander. Ihre Gefühle waren zu tief, als daß sie hätten weinen können.

Plötzlich erhob David sich. Er sah sich um, dann sagte er ruhig, wobei er unverwandt auf eine Stelle starrte: „Maria, ich glaube, ich habe etwas entdeckt.“

„Was ist es?“ fragte Maria eifrig. Sie war aufgeregt, weil David wieder lebhaft und hoffnungsvoll sprach.

„Siehst du, daß unser Boot genau an diese Stelle getrieben ist? Es ist das zweite Mal, denn auch zu Anfang wurden wir hierhergetrieben, ehe wir um den See herumgerudert sind. Wie kommt das? Es weht kein Wind. Das kann nur bedeuten, daß es eine Strömung gibt. Das heißt, daß das Wasser irgendwo in der Nähe dieser Felswand einen Weg nach draußen findet. Wenn das Wasser einen Weg finden kann, können wir es vielleicht auch.“

„Aber du siehst doch, es gibt wirklich keinen Ausweg", sagte Maria.

David blickte aufmerksam ins Wasser: „Der Felsen hat hier unten eine Neigung nach innen. Ich glaube, die Strömung geht unter dem Felsen weiter. Vielleicht trägt sie uns mit hinaus?"

„Aber", sagte Maria erschrocken, „wenn wir nicht rasch wieder an die Oberfläche kommen, müssen wir ertrinken! Vielleicht ist es ein meilenlanger unterirdischer Fluß!"

„Ja", sagte David. „Vielleicht. Vielleicht auch nicht. Aber wir haben unsere Medaillons, und ich werde sehen, was meines sagt."

Er sprach mit großer Entschlossenheit und sehr ernsthaft, und Maria wagte nicht, etwas zu entgegnen.

Er kletterte über Bord und ließ sich ins Wasser hinab. Er schwamm zu der Felswand, steckte seinen Kopf unter Wasser und sah sich eine Zeitlang um. Als er wieder emporkam, schwamm er zur Bootswand und hielt sich keuchend und spuckend daran fest.

„Und?" fragte Maria mit weit aufgerissenen Augen.

„Ich kann nicht viel sehen", sagte er, „außer, daß der Felsen wegknickt, und daß es wirklich eine Art Rinne unter ihm gibt. Ich bin sicher, daß das Wasser dort entlangströmt. Ich habe gespürt, wie eine Strömung mich zog. Eines kann ich mit Bestimmtheit sagen: Das Medaillon sagt ja. Daran gibt es überhaupt keinen Zweifel." Er hielt inne. „Maria", sagte er dann, „komm ins Wasser."

„Oh, David", sagte sie, „muß ich? Muß ich wirklich? Bist du sicher?"

„Ja", sagte David. Dann fügte er leise hinzu: „Komm, Maria!", lächelte sie sehr herzlich an und streckte ihr eine Hand entgegen.

Zögernd kletterte sie über den Bootsrand. Ihr Herz wollte verzagen, doch dann ließ sie sich ins Wasser gleiten.

„Jetzt", sagte David und drückte ihre Hand, „jetzt komm hinüber zur Felswand und halte dich hier fest."

Sie hielten sich beide an einer vorspringenden Kante dicht über der Wasseroberfläche fest.

„Na", fuhr er fort, „was ist mit deinem Medaillon?"

Maria zögerte.

„Komm, sei ehrlich, was ist mit deinem Medaillon?“ beharrte David.

Sie seufzte und zitterte zugleich. „Ja“, sagte sie unglücklich, „es sagt ja.“ Sie schauderte. „Aber ich habe solche Angst.“

„Es hilft nichts“, sagte David in einer Art verzweifelter Entschlossenheit, die Maria an ihm noch nicht erlebt hatte. „Wir sind wirklich am Ende. Wir sind in einem See, aus dem kein Weg herausführt, vor uns Felsen, die wir nicht ersteigen können. Wir können nicht zurück, und es führt kein Weg weiter. Außer diesem hier. Ich weiß – es kann unser Tod sein. Sterben wir, so sterben wir eben. Aber jetzt gilt es, die Probe zu bestehen, ob wir den Medaillons vertrauen. Die Zeit ist vorbei, wo wir noch zweifeln und versagen und dauernd vergessen konnten. Jetzt heißt es: alles oder nichts. Wir brauchen nur unter diesem Felsen hier hindurchzutauchen, mit dem Wissen, daß wir ertrinken können, aber mit dem Vertrauen, ja – mit dem Vertrauen, daß wir irgendwie, irgendwo bestimmt wieder herauskommen werden.“

So seltsam klang Davids Stimme, so wild entschlossen, so sicher, daß Maria nichts mehr sagen konnte. Sie nickte und flüsterte mit klappernden Zähnen: „Gut. Los jetzt. Aber schnell.“

David ergriff ihre Hand und drückte sie, daß es weh tat. Zuversichtlich lächelte er sie an. Dann holten beide tief Luft und tauchten unter Wasser.

Der Weg hindurch

Sie tauchten tief hinab und wurden alsbald von der Strömung erfaßt, die sie mitriß bis unter den Felsen. Sie schwammen, so gut sie konnten, stießen sich von dem Felsen über ihnen ab, um nicht mit den Köpfen dagegenzuschlagen. Je mehr sie sich vom See entfernten, desto schwächer wurde das Licht. Schließlich verschwand es ganz. Es war stockfinster. Die Brust schmerzte vom langen Atemanhalten. Weiter und weiter kämpften sie sich, ruderten mit den Beinen, stießen sich mit den Händen an der Felsmauer weiter, während sie von der schnellen Strömung geschwind dahingetrieben wurden.

Dann, irgendwo vor ihnen, schimmerte schwaches Licht im Wasser. Und wieder kämpften sie sich weiter, so kräftig und schnell sie konnten, und ihre Lungen fühlten sich an, als wollten sie zerspringen.

Endlich begann der Felsen über ihnen schräg anzusteigen. Plötzlich und unerwartet tauchten ihre Köpfe aus dem Wasser.

Keuchend rangen sie nach Luft. Sie klammerten sich an den Felsen fest – atmen, nur atmen! Niemals war es so herrlich gewesen zu atmen, niemals hatte die Luft so frisch und süß geduftet.

Endlich konnten sie sich umsehen. Sie waren in einer Art Tunnel, an dessen Ende der Strom wieder unter dem Felsen verschwand. Den Strom entlang lief eine vorspringende Kante oder ein Pfad, und schließlich endete dieser Pfad in einer Reihe von Stufen. Sie führten unter einem Torbogen aus dem Tunnel hinaus, und von dieser Öffnung her kam das Licht.

Sie befühlten ihre Medaillons und fanden, es war richtig, hier an Land zu steigen. So kletterten sie aus dem Wasser. Hier und da fanden sie an unebenen Stellen an der Felswand Halt für die Zehen, das half ihnen weiter. Schließlich standen sie auf dem schmalen Pfad, triefnaß und am ganzen Leib zitternd. Ihre Zähne klapperten, und mit ihren nach vorn gekrümmten Schultern sahen sie aus wie zwei eben geschlüpfte Vögel.

Zusammen gingen sie langsam die Stufen hinauf und durch den Torweg hinaus ans Tageslicht. Leuchtend schien die Sonne. Sie waren in einer Art schmaler Halle, die zugleich ein Garten war. Zur Linken hatten sie eine senkrechte Felswand, doch zur Rechten, obwohl zuerst steil, flachte der Berg allmählich ab und ließ so die Sonnenstrahlen in diesen Garten mitten zwischen den Felsen hineinfallen.

Die Medaillons zeigten ihnen an, sie sollten hierbleiben. So schälten sie sich rasch aus ihren triefnassen Kleidern und breiteten sie auf den Felsen aus, damit sie in der Sonne trocknen konnten. Sie selbst ließen sich in das warme, weiche Gras fallen. Zuerst lagen sie einfach da, völlig erschöpft. Dann rollten sie auf dem Gras herum, trockneten und wärmten sich. Dann lagen sie auf dem Bauch und spürten mit Wonne, wie ihnen die Sonnenwärme in den Rücken drang. Als der Rücken durchgewärmt war, drehten sie sich um und ließen sich die Sonne auf den Bauch scheinen. Bald war ihnen so heiß, daß sie sich in den Schatten eines Baumes zurückzogen.

„Heh!“ rief David und schaute nach oben. „Da hängen Früchte am Baum!“

Sie rappelten sich auf und pflückten ein paar schöne, reife Feigen. Sie waren von dunkel-purpurner Farbe und fühlten sich weich an. Dann entdeckten sie, daß weiter entfernt Bananen wuchsen, kurze, stummelige, kleine Früchte, aber die süßesten, die sie je gekostet hatten. Nicht weit davon stand ein anderer Baum, so einen hatten sie nie zuvor gesehen. Sie pflückten die weichen, rotgoldenen Dattelpflaumen, und bald waren ihre Hände mit dem süßen, dicklichen Saft bedeckt, den sie sonderbar, aber köstlich fanden.

Als sie nicht mehr hungrig waren, wischten sie sich Gesicht und Hände mit Blättern ab und legten sich wieder ins Gras. Sie lehnten sich gegen einen Felsblock und schauten auf die von keinem Windhauch berührten Bäume und in den sonnenerfüllten Himmel.

„Komisch“, sagte Maria, „aber dies ist das erste Mal, daß wir uns einfach so ausgezogen haben und nicht das Gefühl hatten, wir müßten unsere Medaillons verstecken.“

„Ja“, sagte David, „das stimmt. Hier weiß man einfach, daß alles in Ordnung ist. Und das Medaillon bekräftigt, daß es so ist.“

Nach einigem Zögern fügte er hinzu: „Ich fühle mich so wohl, so dankbar. Ich fühle mich so voller Dank, daß ich nicht weiß, was tun. Ich zerspringe fast davon. Erst vor kurzem war ich voller Verzweiflung, und ich sehnte mich so sehr nach Hilfe. Und schau, sie ist gekommen. Da sind wir nun, glücklich, friedlich, sicher, und alles ist irgendwie richtig. Sogar etwas zu essen. Und sogar schöner, warmer Sonnenschein.“

„Ich bin auch so glücklich. Ich glaube, ich muß weinen“, sagte Maria, und ihre Augen schimmerten.

Sie sahen einander an, lächelten voller Staunen, erfüllt von inniger Dankbarkeit. Dann stand David, der einen kurzen Blick zum anderen Ende des Gartens geworfen hatte, auf und sagte: „Komm, wir ziehen uns wieder an.“

Sie zogen ihre Kleider an, die von der Sonne getrocknet und gewärmt waren. Als wüßte er, was er tat, nahm David Maria bei der Hand und führte sie ans andere Ende des Gartens. Dort, versteckt hinter einem Baum, fanden sie einen Bogengang im Felsen. Sie gingen hinein. Als ihre Augen sich langsam an die Dunkelheit gewöhnt hatten, sahen sie sich voller Staunen um.

Sie standen am Eingang einer gewaltigen Höhle, Hunderte von Fuß hoch. Licht drang durch Öffnungen hoch droben, und sie konnten deutlich die mächtigen Felswände sehen, die höher waren als ein Dom. Wasser rieselte an einer Seite der Höhle herunter und sammelte sich in ihrer Mitte in einem Becken. Am Rande des Beckens sahen sie einen Mann stehen. Als sie vorwärts schritten, wandte er sich zu ihnen um.

„Krähenfuß!“ riefen sie wie aus einem Munde.

Sie liefen zu ihm, und er kniete nieder und küßte sie. Sie küßten und umarmten ihn, dann führte er sie zu einem steinernen Sitz am

Rand des Beckens, setzte sich und legte Maria und David einen Arm um ihre Schultern.

David war ganz still, doch Maria sprudelte über vor Aufregung und konnte kaum an sich halten.

„Krähenfuß!“ rief sie. „Oh Krähenfuß! Ich muß dir so viel erzählen, und ich muß dich so viel fragen!“

Dann blickte sie hoch in seine Augen und war einen Augenblick still. Endlich sagte sie: „Es ist komisch, weißt du, aber ich habe immer davon geträumt, dich wiederzusehen. Ich wollte dir alles erzählen, was uns widerfahren ist und dir so viele Fragen stellen.“ Sie hielt inne und fuhr dann fort: „Jetzt, wo du wirklich bei uns bist, will ich es gar nicht mehr. Ich bin einfach glücklich, glücklich, und damit ist alles gesagt.“

Sie kuschelte sich an ihn und schwieg. Dann, plötzlich, wandte sie ihm voller Staunen ihr Gesicht zu und platzte heraus: „Aber wieso bist du hier? Wieso? Wieso?“

David sagte leise: „Ich weiß es. Deine Hütte ist ganz nahe, nicht wahr?“

Krähenfuß lächelte ihm zu. „Ja“, sagte er. „Sie hat einen direkten Zugang zu dieser Höhle. Ich bin die meiste Zeit hier.“

Maria sah ihn mit großen Augen an.

„Aber wenn es so ist“, rief sie etwas ungehalten, „warum mußten wir dann diesen Riesenumweg machen und all die schrecklichen Abenteuer bestehen? Warum konntest du uns nicht gleich hierherbringen?“

„Ihr wart damals nicht ganz dieselben, die ihr jetzt seid, nicht wahr?“ sagte Krähenfuß freundlich.

„Hm, nein, wahrscheinlich nicht“, sagte Maria nachdenklich.

„Und“, sagte David zu Krähenfuß, „damals wußten wir auch noch nichts von den Medaillons, und wir wußten nicht, wie man sich auf sie verlassen kann.“

„Und jetzt, wo ihr es wißt, braucht ihr sie nicht mehr. Gleich gehen wir zum See Feuergold, und ihr werdet wissen, was ich meine“, sagte Krähenfuß.

Eine Weile saßen sie noch zusammen, in vollkommenem Frieden, am Rande des Teiches in der kühlen Höhle. Dann stand Krähenfuß auf. Die beiden erhoben sich auch. Er schritt durch die große Höhle, mit gleichmäßigen, langsamen, langen Schritten, und sie folgten ihm.

Auf der anderen Seite gingen sie unter einem niedrigen Torbogen hindurch, wandten sich nach rechts um einen Felsen herum – und dann breitete sich vor ihnen ein Anblick aus, der sie mitten im Schritt innehalten ließ, atemlos.

Und die Zeit blieb stehen.

Unter ihnen lag, so weit das Auge reichte, ein uferlos wirkender See von flüssigem Gold. Die geschmolzenen Massen wogten und wallten und brandeten gegen den Felsvorsprung, auf dem sie standen. Über ihnen schien sich ein Dach aus purem Gold zu spannen. Rauchlose Feuer loderten aus Felsspalten rund um den See und ergossen sich in kleinen Strömen reinen, geschmolzenen Goldes in den See.

David stand in ehrfürchtigem Schweigen, erfüllt von einer großen inneren Aufwallung. Er tastete nach seinem Medaillon, denn er wußte, was er zu tun hatte. Er löste es von dem Riemen, hielt es mit beiden Händen hoch, betrachtete es noch einmal und warf es dann in den See. Es zerschmolz auf der Stelle und wurde eins mit dem Feuergold, verschwand spurlos, und David fühlte in diesem Augenblick, als sei auch er ein Teil des Feuergoldes, und – seltsamerweise – als sei das Feuergold ein Teil von ihm.

Er blickte zu Maria hinüber und sah, daß sie, ganz in ihr Tun versunken, das gleiche tat. Er sah, daß ihr Gesicht ganz in einen goldenen Schein getaucht war, und er wußte, daß es mit dem seinen genauso war.

Er stand da und fühlte sich eins mit der Gegenwart des Sees Feuergold. Er atmete die Luft in langen, tiefen, gleichmäßigen Zügen und fühlte vollkommenen Frieden. Er fühlte sich, wie er sich nie zuvor gefühlt hatte.

Schließlich wandte sich Krähenfuß zum Gehen, Maria und David folgten. Sie kamen wieder in die Kühle der Höhle und ließen sich an dem klaren Wasserbecken nieder.

Krähenfuß sagte: „Ihr habt dem Feuergold zurückgegeben, was vom Feuergold gekommen ist, was immer Teil des Feuergoldes war. Jetzt ist die Kraft der Medaillons in eure Herzen eingezogen. Euer Herz wird euch von nun an immer richtig führen."

„Jetzt kann sie uns niemand mehr nehmen", sagte David, „nicht wahr?"

„Nein", sagte Krähenfuß. „Jetzt sind sie ein Stück von euch und können euch niemals genommen werden. Denkt daran zu folgen, wohin sie euch führen, und sie werden immer bei euch sein und euch geleiten, auch wenn ihr in eure Welt zurückkehrt."

„Müssen wir fort von hier?" fragte David.

„Ja", sagte Krähenfuß, „ihr müßt zurück in euer Zuhause und euer Leben."

„Warum kann ich nicht immer hierbleiben?"

„Aus dem gleichen Grund, weshalb du von der Hütte nicht gleich hierherkommen konntest. Es gibt mehr Dinge, die ihr erfahren, durchmachen, überwinden müßt. Es gibt noch mehr für euch zu verstehen. Das ist die Art, wie ihr weiter wachsen könnt. Aber ihr werdet stets die Verbindung mit hier spüren, und das wird euch stets leiten und Mut geben. Später werdet ihr beide hierher zu mir zurückkehren."

David sagte: „Du hast mir zu Anfang das Versprechen abgenommen, mich um Maria zu kümmern und ihr in allen Nöten beizustehen."

„Und das hast du, David, das hast du!" sagte Maria.

„Ich verspreche von neuem, daß ich es will. Immer!" sagte David.

„Später", sagte Krähenfuß voller Güte, „wenn ihr beide älter seid, werdet ihr sicher heiraten und eigene Kinder haben, und dann, David, hast du Frau und Kinder zu beschützen, und Maria ..."

„Aber", unterbrach ihn David, „wir werden immer noch Bruder und Schwester sein, und ich werde Maria weiter beschützen, wenn ich kann!"

Maria merkte, daß sie Krähenfuß anlächelte, fast mit einem Augenzwinkern, obwohl sie nicht hätte sagen können, warum.

Krähenfuß lächelte sie beide an. Dann sagte er: „Maria! David! Jetzt müßt ihr zurück, nach Hause. Während ihr hier wart, sind eure Körper sehr, sehr krank gewesen. Eure Mutter und euer Vater haben große Ängste ausgestanden, ja, sie haben gefürchtet, ihr würdet sterben. Ihr müßt nun eure Körper wieder stark und gesund werden lassen."

Er stand auf und ging die Stufen zum Wasserbecken hinab, und sie folgten ihm. Er sagte: „Erst werde ich euch im Wasser des Beckens waschen, und dann geht ihr zurück."

Das Ende des Abenteuers

Eine sanfte Hand wusch seine Stirn mit einem Lappen, der kühl, feucht und wohlriechend war. Er öffnete die Augen. Er erkannte das vertraute Kinderzimmer. Er lag in seinem eigenen Bett. Da war eine Person, die er nicht kannte. Sie trug eine gestärkte weiße Schürze, und er sah, wie sie mit besorgten, freundlichen Augen auf ihn herabblickte.

„Ruhig, ruhig, mein Lieber, ruhe dich weiter aus“, sagte sie.

Er hörte, wie sie sich umwandte und jemandem zuflüsterte: „Er ist zu sich gekommen, er hat die Augen geöffnet!“

Als er sie von neuem aufschlug, sah er ein vertrautes Gesicht über sich gebeugt, das Gesicht seiner Mutter. Er sah ihren zärtlichen, besorgten Blick und bemerkte Tränen in ihren Augen.

„Warum bist du traurig?“ flüsterte er. „Ich bin so glücklich.“

Er schloß die Augen, müde von der Anstrengung. Später schlug er sie wieder auf und sagte, langsam und deutlich: „War ich krank?“

„Ja, mein Liebling, du warst sehr krank“, sagte seine Mutter. „Aber jetzt geht es dir besser, bald wirst du wieder zu Kräften kommen.“

Er fühlte sich erschöpft und schloß die Augen. Als er sie wieder öffnete, sah er auch seinen Vater auf sich herabblicken.

„Papa“, sagte er, „war Maria auch krank?“

„Ja, David, das war sie. Aber auch ihr geht es besser, und bald werdet ihr wieder gesund und kräftig sein.“

David murmelte: „Dann ist es also wahr, alles wahr.“

Er ruhte wieder, die Augen geschlossen. Dann schlug er sie auf und sagte mit ruhiger Selbstsicherheit in seiner Knabenstimme: „Bitte, rückt ihr Bett näher heran. Legt Marias Hand in meine.“

Er hörte, wie sie flüsterten: „Wenn er es gern möchte, ich wüßte nicht, was es schaden sollte.“

Als er Marias Hand in seiner fühlte, seufzte er tief und fiel sogleich in Schlaf, mit einem Lächeln im Gesicht.

Ronimund Hubert von Bissing

wurde 1914 in England geboren. Seine Familie entstammt dem sächsischen Uradel, der mit Ronimund von Bissing im 11. Jahrhundert erstmals erwähnt wird.

Der Autor studierte an der Universität in Oxford und an der Sorbonne in Paris, um sich schließlich als Rechtsanwalt in London niederzulassen. Er reiste viel und war häufig in den USA und vielen Ländern Europas tätig. Seit 1962 schreibt er Bücher.

FEUERGOLD erschien erstmals 1982 in englischer Sprache. Inzwischen liegt das Buch auch im Norwegischen, Spanischen, Französischen und Niederländischen vor. Die vorliegende, völlig neu bearbeitete Auflage folgt auf eine frühere, die völlig vergriffen ist.

Ursprünglich hatte Ronimund Hubert von Bissing dieses Märchen für seine eigenen, mittlerweile erwachsenen Kinder geschrieben.

Er lebt heute mit seiner Frau in den Schweizer Alpen, verbringt aber jedes Jahr mehrere Monate in Spanien.

Man wird wieder
aus Himmel und Sternen
Bilder machen
und die Spinnweben alter Märchen
auf offene Wunden legen.
(Christian Morgenstern)